A flor de piel

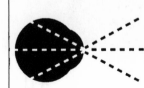

This Large Print Book carries the
Seal of Approval of N.A.V.H.

A flor de piel

Darlene Gardner

Thorndike Press • Waterville, Maine

Published in 2005 by arrangement with Harlequin Books S.A.
Publicado en 2005 en cooperación con Harlequin Books S.A.

Thorndike Press® Large Print Spanish.
Thorndike Press® La Impresión grande española.

The tree indicium is a trademark of Thorndike Press.
El símbolo del árbol es una marca registrada de Thorndike Press.

The text of this Large Print edition is unabridged.
El texto de ésta edición de La Impresión Grande está inabreviado.

Other aspects of the book may vary from the original edition.
Otros aspectros de éste libro podrían variar de la edición original.

Set in 16 pt. Plantin.
Impreso en 16 pt. Plantin.

Printed in the United States on permanent paper.
Impreso en los Estados Unidos en papel permanente.

Library of Congress Cataloging-in-Publication Data

Gardner, Darlene.
    [Cupid caper. Spanish]
    A flor de piel / Darlene Gardner.
        p. cm. — (Thorndike Press large print Spanish = Thorndike Press la impresión grande española)
    ISBN 0-7862-7497-2 (lg. print : hc : alk. paper)
    1. Large type books. I. Title. II. Thorndike Press large print Spanish series.
PS3607.A727C87 2005
  813´.6—dc22   2004030428

A flor de piel

Capítulo uno

Sam Creighton se quitó la nieve de los hombros de su cazadora negra de cuero y de sus zapatos de piel y se acordó de su hermano.

¿Por qué lo había hecho Jake ir a Filadelfia diciéndole que era urgente para no estar en su oficina luego?

Para colmo, tan solo hacía unas horas, Sam estaba al sol de Florida probando un barco, soñando con el mar y con un itinerario que tenía planeado hacer.

No quería irse de Florida, donde tenía su negocio, pero tampoco podía ignorar el mensaje de su hermano. Se montó en un avión y se fue a Filadelfia. Desde el aeropuerto, derechito a casa de su hermano, que se había encontrado cerrada a cal y canto. Entonces, había decidido al despacho que tenía en el centro.

Miró a un lado y al otro del pasillo e hizo una mueca. La poca iluminación seguramente se habría hecho aposta para ocultar el horrible aspecto de la alfombra y las paredes descascarilladas. Estaba tan oscuro que apenas se leía la placa de la puerta.

Jake Creighton Investigations.

Las escaleras por las que acababa de subir estaban desvencijadas y el aire era denso y estaba viciado. Aquello parecía sacado de una película antigua de Humphrey Bogart. La diferencia era que Humphrey estaría sentado detrás de su escritorio fumándose un cigarrillo; nunca le habría dejado una nota a su hermano diciéndole que se hiciera cargo de todo hasta que él regresase.

¿Cómo esperaba su hermano que hiciera algo así?

Cambiar el sol de Florida por la tundra del noreste ya había sido suficiente, pero aquello era ridículo. Su hermano sabía perfectamente que estaba en contra de los investigadores privados porque su filosofía de vida le impedía meter las narices en los asuntos de los demás.

Además, Sam no sabía absolutamente nada de investigadores privados. Los últimos ocho años había sido analista financiero en la Bolsa de Nueva York.

Hacía un mes que, al cumplir los treinta, había decidido dejar aquella vida tan ajetreada. Vendió la empresa que tenía y se fue a Florida a comprarse un barco para navegar. Desde luego, estar en Filadelfia a mediados de febrero no era lo que más le apetecía.

Sam volvió a mirar a un lado y al otro

del angosto pasillo. Lo primero que debería hacer su hermano sería cambiar de oficina. En los negocios, la apariencia era muy importante.

Sam intentó abrir la puerta mientras anotaba mentalmente que tenía que buscar otro lugar para instalar el despacho. Cerrada.

Se frotó la nuca. Jake debía haber salido a toda prisa porque se había olvidado de algo tan elemental como dejarle llaves de su casa y de su oficina.

La preocupación sustituyó al fastidio. ¿Y si Jake no se hubiera ido por propio deseo?

Sam cerró los ojos e intentó pensar como un detective. Si Jake estuviera en peligro, no lo habría pillado por sorpresa. De lo contrario, no se explicaba que hubiera tenido tiempo para dejarle una nota.

Seguramente la nota quería decir que su hermano estaba perfectamente, lo que hizo que se volviera a enfadar aunque no tanto como la puerta cerrada. ¿Y cómo iba a entrar?

Levantó el felpudo en busca de una llave que no halló. Levantó el brazo y palpó el marco de la puerta. Nada.

Al final, se sacó la cartera del bolsillo trasero de los vaqueros negros y agarró una tarjeta de crédito. Una pasada y estaría dentro.

Diez minutos después, con la frente sudada, Sam seguía pasando la tarjeta por la ranura. Por enésima vez. Nada.

Justo cuando iba a pasarla de nuevo, una mano femenina de largos dedos se la quitó y le puso una pistola en la nuca. Vaya. Una mujer policía. Tenía que ser una mujer policía. ¿Cómo iba a explicarle aquello al largo y suave brazo de la Ley?

—Tiene usted diez segundos para explicarme por qué está entrando en esta oficina —le indicó una voz ronca.

—Intentando entrar —corrigió Sam—. Como puede ver, todavía no lo he conseguido.

—No se haga el listo y empiece a hablar —ordenó apretando la pistola contra su nuca. Había algo raro en aquella pistola. Debía de tener un cañón muy estrecho o...

Sam se giró para comprobarlo por sí mismo.

O era una barra de labios.

—Eh, pero si no es una pistola —exclamó.

—No se haga el bueno. Usted no es Jake Creighton.

Sam miró a aquella mujer cuyo óvalo de cara recordaba al de un corazón. Debía de tener veintitantos años y, desde luego, no era policía. A menos que fuera de paisano...

La miró confundido intentando saber de qué iba vestida. Llevaba una peluca de rizos rojos y la cara cubierta de pecas, que podía haberse hecho con la barra de labios. El abrigo que llevaba casi le llegaba a los pies, pero dejaba al descubierto unos calcetines blancos y unos zapatones.

Parecía como Susie Q en Expediente X.

—¿Quién es usted y qué está haciendo aquí? —le preguntó con una voz dura que no pegaba nada con su aspecto.

Desde luego, tenía agallas. Estaba sola con un desconocido en un sórdido edificio, pero no parecía temer nada. Probablemente, porque sabía karate. Se le abrió el abrigo y Sam vio unas piernas largas y deliciosas. Kickboxing, más bien. Seguro que era una experta.

—Me estoy embarcando en una vida al servicio del crimen...

—Justo lo que yo pensaba —lo interrumpió ella empuñando el pintalabios como si fuera una espada.

—No —corrigió él sonriendo—. Me refiero a combatir el crimen.

—¿Por qué iba a creerlo? ¿Quién me asegura que no ha matado a Jake y lo ha enterrado por ahí?

—Porque soy su hermano —contestó—. Me llamo Sam Creighton —añadió tendiéndole la mano.

—¿Eres hermano de Jake? —repitió sorprendida con la boca abierta y mirándolo de arriba abajo. A Sam le encantó sentir los ojos de aquella mujer en su cuerpo y notó que se moría de ganas de sentir su mano sobre la suya, pero ella no se la estrechó y él la retiró—. Si eso fuera verdad, no tendrías que entrar en su oficina así. ¿Me dejas tu carné de identidad?

Tal vez no fuera policía, pero hablaba como uno de ellos. Sam le dio la tarjeta de crédito, pero, al ver su cara, se sacó la cartera del bolsillo y le dio el carné de conducir.

—Uuuuhhhh —exclamó ella al mirarla—. Si eres tú, menuda foto tan mala.

Sam se inclinó y miró la foto.

—Me parezco a Rocky Racoon, ¿verdad? Me pregunto cómo han conseguido ponerme un ojo morado.

—Eh, atrás, ladrón —dijo ella con voz dura de nuevo. No lo intimidó sino que lo excitó. Empezó a comprender por qué tantos hombres se quedaban en casa viendo Xena, la princesa guerrera.

Ella miró el carné y a él varias veces, como decidiendo si era o no él. Tenía los ojos del color de la hierba en verano, con un anillo verde alrededor y pintas doradas. Eran de lo más encantadores.

—Si eres el hermano de Jake, ¿por qué estás intentando forzar la puerta de su oficina? —le preguntó devolviéndole el carné.

—Habrás oído hablar de la cleptomanía, supongo —dijo decidido a gastarle una broma—. Pues bien, yo tengo forzamanía.

—¿Cómo?

—Es una necesidad obsesiva de entrar en sitios cerrados con llave.

—¿Y, entonces, cómo es que no lo has conseguido? —protestó ella mirándolo con los ojos entrecerrados.

Lo había pillado. Sam se encogió de hombros y decidió acabar con la broma.

—Porque Jake se olvidó de dejarme la llave.

Evidentemente, aquello la convenció de que le estaba diciendo la verdad.

—Mallory Jamison —se presentó ofreciéndole la mano. Por fin, la tocó.

El contacto fue como una descarga eléctrica, como un rayo en el cielo azul. Sam sintió la descarga que le entraba por el brazo y recorría todo su cuerpo. Aspiró su aroma. Olía a amanecer y flores de azahar, aromas que le quedaban muy bien.

Sam la miró largo y tendido. Era alta y sus ojos quedaban, más o menos, a la misma altura. Vio que los ojos de Mallory se abrían desproporcionadamente, como si ella también hubiera sentido el chisporrotazo.

Ella retiró la mano demasiado deprisa y él sintió deseos de volver a estrechársela, pero se reprimió. No quería que lo volviera a apuntar con la barra de labios.

—Seguramente, Jake no creyó que fueras a necesitar una llave —dijo Mallory arrebatándole la tarjeta de crédito y metiéndola en la ranura de la puerta—. Solo tienes que moverla un poco. Así. La cerradura cedió y la puerta se abrió. Una sonrisa de satisfacción se dibujó en sus labios pintados de rojo, se giró y le devolvió la tarjeta—. Tendrías que saberlo, siendo detective privado.

—Bueno, es que la forzamanía que tengo no es muy grave —dijo Sam guardándola—. Tengo la necesidad de colarme en los sitios, pero no sé cómo todavía.

—Eres detective, ¿verdad?

—Claro —contestó Sam. Estaba enfadado con su hermano por haberlo metido en aquello, pero no quería perder un cliente potencial. Seguro que Jake no tardaría en volver y, a juzgar por las apariencias, debía necesitar trabajo—. Puede llamarme Sherlock Creighton.

—Muy bien, Sherlock, ¿dónde está Jake? —preguntó pasando a la oficina y quitándose el abrigo.

—Ha dejado una nota...

Al verla sin abrigo, se le olvidó lo que iba a contestar. Su figura de curvas estaba embutida en un vestido rojo un par de tallas por debajo de la suya y un par de centímetros demasiado corto. Sus piernas, desnudas hasta los calcetines, parecían no terminarse nunca.

Sin embargo, no era un vestido para seducir. No, era un traje infantil, con cuello y cinturón blancos a juego. Nada en ella tenía sentido. Desde la peluca de rizos rojos hasta las pecas falsas pasando por los zapatos de charol.

—Siga —lo instó ella haciendo un gesto circular en el aire con la mano. Sam lo intentó, pero se había quedado sin palabras. Tenía un «guau» atragantado en la garganta—. Me estabas hablando de una nota que tienes en tu poder... la que ha dejado Jake. ¿Qué pone?

—¿Qué pone de qué? —consiguió decir Sam.

—La nota —contestó ella en jarras. Aquella postura realzaba lo bien que le quedaba el vestido—. ¿Qué ponía en la nota?

—Guau —dijo él dejando escapar, al final, la palabra.

—¿Guau? —repitió ella enarcando las cejas—. ¿Jake te ha dejado una nota que pone «guau»?

—No, claro que no —contestó Sam recobrándose un poco—. Bueno, sí, decía «Guau, Sam, ¿qué tal estás?»

—Vaya, qué cariñoso —comentó ella apoyándose en la pared y poniendo una pierna sobre la otra. Aquello lo mató—. ¿Algo más? ¿Información sobre dónde está?

Sam hizo un esfuerzo sobrehumano para mirarla a la cara y no a las piernas.

—No decía adónde se iba —contestó triunfal y orgulloso de sí mismo por haber recobrado el control—. Solo decía que volvería pronto y que quería que yo me ocupara del despacho hasta entonces.

—Oh, no —exclamó ella.

—Mira, ya sé que no sé abrir una puerta si no es con una llave, pero estoy seguro de que aprenderé si practico —dijo él molesto.

Sam no se esperaba que Mallory cruzara la habitación en dos zancadas y le pusiera la mano en el brazo. Tampoco estaba preparado para sentir su calor incluso a través del cuero.

—Tienes que ayudarme a encontrarlo. Tienes que hacerlo.

Sam intentó no perderse en el verde de sus ojos y se forzó a hablar.

—Primero, dime quién eres.

—Ya te lo he dicho. Soy Mallory Jamison —contestó como si aquello lo explicara todo.

—Perdona que te lo diga... —carraspeó Sam al tiempo que ordenaba a su cuerpo que dejara de reaccionar. No lo consiguió—... pero vas vestida horriblemente mal... quiero decir muy rara, Mallory.

Ella se tocó la peluca y se rio.

—No me lo puedo creer. Tenía tanta prisa por llegar que se me ha olvidado que iba así vestida.

—¿Por qué vas así vestida?

—Porque soy Annie —contestó con una sonrisa.

—No te pareces a las demás Annie que he visto —dijo él pensando que si Daddy Warbucks la viera, se moriría.

—Qué gracioso que digas eso —exclamó Mallory negando con la cabeza—. Eso fue lo que dijo mi cliente.

—¿Tu cliente? —repitió Sam al tiempo que se le pasaban mil ideas por la cabeza—. ¿A qué te dedicas?

—Trabajo en una empresa de fiestas —contestó Mallory—. Los clientes nos contratan para que nos vistamos de diferentes cosas y vayamos a cumpleaños, aniversarios, fiestas, etc.

—¿Es tuya la empresa?

—No, a mí esto no me gusta. La empresa es de mi hermana Lenora, pero yo la he estado ayudando desde que terminé la universidad.

—¿Cuánto hace de eso?

—Tres años —contestó ella tras echar las cuentas.

—Si no te gusta, ¿por qué no lo dejas y te dedicas a otra cosa?

—No, no puedo. No hasta que la empresa empiece a ir mejor. Mi hermana me necesita. Mira, hoy, por ejemplo, Lenora se ha tomado el día libre y tuve que ir yo a la fiesta de cumpleaños de una niña pequeña vestida de Annie y cantar «Lollipop lollipop».

Parecía tan orgullosa de sí misma que Sam no sabía si decírselo, pero alguien tenía que hacerlo.

—Yo todavía no había nacido, pero esa canción es de Shirley Temple. Annie canta «Mañana».

—Oh, no —exclamó Mallory tapándose la cara. Tenía unas manos muy bonitas, de dedos largos y delgados—. No me extraña que la madre pareciera tan disgustada. Aunque al padre parecía gustarle. Siguió con tanta atención mi actuación que no se dio ni cuenta de los codazos en las costillas que le estaba metiendo su mujer.

—Me lo imagino —dijo Sam.

—Nunca había hecho de Annie antes. La última vez que alguien la pidió, fue mi hermana.

—Seguro que tu hermana es mucho más

bajita que tú.

—Es diminuta —dijo Mallory—. Me costó Dios y ayuda poder ponerme el vestido. No podía ni abrochármelo. Mientras bailaba claqué rezaba para que no se me rompiera.

—¿Claqué?

—Claro. Todo el mundo sabe que Annie baila claqué.

—Siento decirte que eso también es de Shirley.

—Oh, no.

—Oh, sí.

—Oh, estupendo —dijo Mallory poniendo los ojos en blanco—. Es suficiente. Tengo que encontrar a Jake.

—Ya te he dicho que no decía adónde iba —repitió Sam de nuevo enfadado con su hermano—. Ya había reservado el barco que le gustaba, pero podían quitárselo—. Tampoco ha dicho cuándo volverá.

Ella hizo una mueca y se tocó la peluca. Algo parecido al pánico se apoderó de sus ojos.

—Tengo que encontrarlo cuanto antes. No puedo esperar —gimió. Entonces, chasqueó los dedos y el pánico se tornó especulación—. Has dicho que eres detective privado, ¿no?

—Me parece que, más bien, lo has dicho tú.

—Pero te vas a encargar del negocio en

ausencia de Jake, ¿verdad?

—Bueno, sí —asintió Sam.

—Entonces, te contrato para que lo encuentres.

—¿A mí? ¿Me quieres contratar para que encuentre a mi propio hermano?

—¿Por qué no? Ninguno de nosotros sabemos dónde está y tengo que encontrarlo. Tiene todo el sentido del mundo que te contrate.

—A mí no me lo parece —negó Sam con la cabeza. Nada parecía tener sentido desde que se había dado la vuelta y la había visto apuntándolo con una barra de labios.

—No me digas que no puedes utilizar la empresa de tu hermano porque no me lo creo —dijo Mallory mirando a su alrededor—. Mira este lugar. Casi ningún cliente se atrevería a venir a esta zona de la ciudad.

En eso, tenía razón. Sería absurdo negar que el local de su hermano no era lo mejor para atraer a los clientes.

—Es cierto, pero...

—Tengo dinero. No mucho, pero algo.

—No lo dudo, pero no es eso. Es que me parece raro. Es mi hermano y el dueño de esta empresa.

Mallory abrió la boca como para decir algo, pero se lo pensó mejor y no dijo nada. Lo miró con tanta intensidad que Sam sintió que se le aceleraba el corazón. Lo estaba observando como si estuviera intentando hacer un rompecabezas y él fuera una de las piezas.

—¿Estás al corriente de la vida de tu hermano?

Sam frunció el ceño. No era aquella la pregunta que esperaba. Hizo memoria y recordó que la última vez que había visto a su hermano había sido en Navidad, en casa de sus padres, en Florida. No habían sido las navidades anteriores sino las de hacía dos años.

—No lo vigilo. Ya es mayorcito. No me suele decir todo lo que hace —contestó. Se le ocurrió que, tal vez, había algo que debería saber, pero no quiso ni pensarlo—. ¿Por qué? ¿Hay algo que deba saber?

—Sí, que soy la prometida de Jake. Por eso quiero encontrarlo.

Capítulo dos

Su prometida? —dijo Sam mirándola fijamente. No sabía que Jake estuviera prometido. Enterarse de que su hermano iba a casarse con aquella mujer que tenía delante y que lo ponía a mil, era demasiado—. ¿Desde cuándo estáis prometidos?

—Desde hace seis meses —contestó ella tocándose el dedo anular, en el que no llevaba anillo—. Todavía no hemos tenido tiempo de comprar el anillo, pero eso no quiere decir que no seamos perfectos el uno para el otro. Lo supimos la noche que nos conocimos. A la semana siguiente, me pidió que nos casáramos.

—¿De verdad? —dijo Sam tocándose la frente. Lo del matrimonio era propio de su hermano, pero lo de proponerlo tan rápido, no. Jake no se precipitaba nunca. Le gustaba tomarse tiempo para pensarse las cosas.

—¿No me vas a pregunta por qué quiero encontrarlo?

Esa era la pregunta lógica, pero Sam tenía tal aversión a la gente que metía las narices en sus asuntos que él intentaba no hacerlo. Se preguntaba cómo los detectives eran capaces de trabajar para saberlo todo de los demás.

—No importa por qué quiere encontrarlo. Nosotros lo encontraremos —dijo una voz jadeante que no era la de Sam.

Se dieron la vuelta y vieron a una mujer mayor con el pelo tan blanco como la nieve que estaba cayendo sobre la ciudad. Era muy bajita, seguramente no llegara al uno cincuenta.

—¿Quién es usted? —preguntó Sam.

—El joven mequetrefe quiere saber quién soy —murmuró yendo hacia una mesa que estaba al otro lado del despacho con una rapidez que no era propia de su edad. Buscó en un gran bolso negro y sacó una foto de dos niños de aspecto travieso, un taco de novelas y un pisapapeles con forma de araña.

—Soy Ida Lee Scoggins, la secretaria de Jake Creighton Investigations.

—¿Desde cuándo? —preguntó Sam mientras Ida Lee colocaba sus cosas en la mesa y se sentaba. Era tan pequeña que tenía que levantar los codos para apoyarlos en la mesa.

—Hoy es mi primer día y me muero por empezar —contestó frotándose las manos—. No hace falta que me pongan al tanto. Lo he oído todo. Ha desaparecido alguien. Una dama misteriosa. Un caso de secuestro. Yupi. Vamos a ponernos manos a la obra, Jake.

—Pssst —dijo Mallory para llamar la atención de la mujer—. Jake es el que ha desaparecido. Este es su hermano, Sam. Él se va a encargar de la agencia hasta que Jake vuelva.

—Me parece bien. Yo me llevo bien con todos mis jefes. Lo pone en mi currículum —dijo rebuscando en el enorme bolso de nuevo—. ¿Quiere verlo?

—No —contestó Sam. A juzgar por el aspecto de la oficina de su hermano, Jake no podía permitirse una secretaria—. Me gustaría saber por qué no sabe usted cómo es Jake si él la contrató.

Ida Lee hizo una mueca y se rascó la nariz.

—No veo muy bien —contestó finalmente.

Sam sospechaba que Ida Lee veía perfectamente, pero no tenía forma de probarlo.

Miró a Mallory, que se estaba quitando la peluca. Al hacerlo, cayeron unos maravillosos rizos oscuros. Sintió unos inmensos deseos de tocarle el pelo. A la prometida de su hermano. Maldición. Ya se ocuparía más tarde de Ida Lee. De momento, debía encontrar la manera de controlar la reacción física de su cuerpo ante la chica de su hermano. Eso o la agarraría entre sus brazos y la besaría.

—¿A qué está esperando? —preguntó Ida Lee con voz grave.

—¿Perdón? —dijo Sam preguntándose por qué Ida Lee lo estaba animando a que besara a Mallory. Ida Lee puso a grabar el aparato que había salido por arte de magia de su bolso.

—Estoy grabando. ¿Le va a preguntar a la dama cuándo fue la última vez que vio a su hermano o qué?

—Jake no está muerto, Ida Lee —dijo Mallory—. Ha huido porque tiene miedo.

—Lo busca la Mafia, ¿verdad? —preguntó Ida Lee emocionada—. Teme que si lo agarran le pongan unos zapatos de cemento y lo tiren al río, ¿no?

—No ha huido de la Mafia —corrigió Mallory—. Está huyendo de mí.

Sam estaba tan alucinado de lo bonita que estaba sin peluca que no podía ni hablar. Volvió a fijarse en el cuerpo voluptuoso que había bajo aquel vestido varias tallas más pequeño, y en su carita triste.

—¿Por qué iba a querer huir de ti? —preguntó olvidándose de no meter las narices en los asuntos de los demás.

—Porque me dijo que necesitaba tiempo para pensarse mejor lo de la boda. Me temo que la idea de casarse le da miedo. Cualquiera que haya visto a... nosotros, que

25

nos haya visto, sabe que estamos hechos el uno para el otro. Tengo que hacerle ver lo confundido que está teniendo miedo del amor verdadero antes de que sea demasiado tarde.

«Vaya», pensó Sam. Él a mil con la prometida de su hermano y ella loca por su hermano. Aquello no estaba bien. Se obligó a pensar racionalmente sobre lo que le acababa de decir.

—Si vuestro amor es tan verdadero como dices, sobrevivirá. Tal vez, deberías dejarle un tiempo para que se lo piense.

—No —protestó Mallory—. Pensar podría estropearlo todo. Cuando se trata de amor, no hay que pensar sino que sentir.

Movió la cabeza y los rizos, largos y oscuros, temblaron. Sus pechos se marcaron contra la tela roja y apretada. Sam sintió una bola de fuego en la tripa que se extendía por todo su cuerpo.

De nuevo, se quedó sin palabras, pero el teléfono lo salvó de tener que buscar una respuesta. Cruzó el despacho y lo descolgó antes de que Ida Lee pudiera hacerlo.

—Eh, ese es mi trabajo —protestó ella.

—Jake Creighton Investigations —dijo mientras Ida Lee le clavaba la mirada. Tal vez, debería haber dejado que lo contestara ella, pero tenía una voz que asustaría rápidamente a los clientes.

—Sam, soy yo —dijo Jake—. Cómo me alegro de que estés ahí.

Sam se sintió muy aliviado al saber que su hermano estaba bien, pero rápidamente se enfadó con él.

—Y tanto. Si estuviera junto a ti, ya te habría derribado de un buen golpe. ¿Cómo has podido hacerme esto?

—Lo sé. Lo sé. Debería haberte dejado una llave, pero parece que te las arreglado para entrar sin problemas. La de mi casa está en el cajón de arriba de mi mesa.

—No me refería a eso y lo sabes.

—Vamos, Sam, no te enfades. No te habría llamado si hubiera tenido a otra persona a quien pedírselo. No podía cerrar el negocio.

—Pues no haberte ido.

—Es... complicado. Lo único que te puedo decir es que ahora no puedo estar ahí.

—¿Sam? —dijo Mallory cruzando la habitación y quedándose a poca distancia de él—. ¿Quién es?

—Nadie —contestó tapando el aparato. Los lazos de sangre obligaban. Aunque su hermano se estaba comportando como una rata, no quería hacerle lo mismo.

—¿Hay alguien contigo? —preguntó Jake.

—Sí —contestó Sam dándose la vuelta y hablando en voz baja—. Tu prometida.

—¿Mi prometida? —repitió con pánico—. Por favor, no le digas dónde estoy.

—No sé dónde estás.

—Es mejor así, de verdad. Así no tendrás que preocuparte por si se te escapa. Tengo que dejarte.

—No. Yo tengo que volver a Florida y acabar de comprarme el barco. Además, tengo problemas aquí y un caso.

—¿Un caso? Acéptalo.

—Pero si no te he dicho ni qué es.

—Da igual. Necesito el dinero —dijo Jake—. Sé que nunca has llevado un caso, pero confío en ti.

—No me hagas la pelota porque no va a servirte de nada. Haz el favor de volver aquí inmediatamente porque te voy a...

—Lo siento, se va a cortar —lo interrumpió Jake—. Tengo que irme. Te llamo en un par de días.

La comunicación se cortó y Sam se quedó mirando el teléfono.

—Me ha colgado —dijo sin poder creérselo. Se llevaban cuatro años y nunca habían estado muy unidos, pero le sorprendió aquella falta de responsabilidad por parte de un ser que de pequeño dejaba los calzoncillos preparados por la noche para la mañana siguiente.

—¿Quién? —preguntó Ida Lee.

—Jake.

—¿El jefe? —dijo haciendo que Sam se diera cuenta de que no le había preguntado a su hermano si había contratado a una secretaria octogenaria—. ¿La Mafia le ha dejado llamar?

¿La Mafia? Tal vez, lo hubieran obligado a llamar. No tenía sentido.

—La Mafia no es como la policía —contestó—. No te dejan llamar por teléfono.

—¿Era Jake? —preguntó Mallory subiendo la voz un poco y dándole un golpe en el brazo—. ¿Por qué no me has dicho que era él? ¿Te ha dicho dónde está?

Sam negó con la cabeza.

—No ha dicho nada de nada. Solo que debía aceptar el caso.

—¿Mi caso?

—Sí, pero no sabía que tú eras el cliente.

—Eso no importa —dijo Ida Lee—. Si el jefe dice que hay que aceptar el caso, debe hacerlo.

—Jake no está, así que el jefe soy yo —dijo Sam—. Y el jefe hace lo que le da la gana.

—Por favor, no me digas que eso quiere decir que no aceptas mi caso —imploró Mallory obviamente desesperada.

Maldición. Lo último que hubiera querido sería estar en medio de la relación de su hermano, pero Jake lo había colocado justo ahí.

Además, entendía perfectamente a Mallory. Jake era su prometido y ella quería saber si quería casarse con ella o no. Su hermano debía ser lo suficientemente hombre como para hablarlo con ella cara a cara.

—Acepto el caso —dijo sabiendo que iba a arrepentirse. Sin embargo, cuando Mallory le pasó los brazos por el cuello y apretó su cuerpo contra el suyo, dejó de creerlo. Madre mía. Se le aceleró el pulso. Perdón, hermanito.

Mallory se apartó rápidamente y Sam se dijo que lo había abrazado porque había aceptado encontrar a Jake, el hombre del que estaba enamorada.

—Necesito dinero por adelantado —dijo. Aunque no sabía nada de detectives privados, sí sabía cómo llevar una empresa.

Mallory miró en su bolso y lo miró con aquellos ojos verdes suyos.

—No tengo mucho. Me vendría bien que me facturaras por horas.

—No lo haga —advirtió Ida Lee.

—¿Por qué no?

—¿No lee usted novelas policíacas? —dijo la anciana tocando la pila de novelas que tenía sobre la mesa—. Lo timará, seguro.

—Te facturaré por horas —contestó a Mallory.

—Se arrepentirá —dijo Ida Lee—. Nunca

hay que fiarse de las mujeres bonitas que aparecen de repente.

—Ni a las secretarias que no reconocen a su jefe —le espetó. Eso la hizo callar, pero Sam sospechó que no durante mucho tiempo—. No te preocupes, encontraré a mi hermano.

—¿Y bien? —dijo Mallory mirándose con las cejas levantadas. Obviamente, estaba esperando a que hiciera algo.

—¿Y bien qué?

—¿No vas a llamar al último número que te ha llamado?

—Claro que sí —dijo sin querer admitir que no se le había ocurrido.

Sam dio a varias teclas hasta encontrarlo y marcó. Tras unos cuantos timbres, alguien que no era su hermano contestó. Se oía música y voces al fondo.

—La Casa de los Siete Velos, ¿dígame?

—Hola. ¿Me podría decir si Jake Creighton está por ahí?

—Podría ser —contestó la voz—. Aquí hay mucho hombres.

—¿Podría preguntar?

—Si quiere saberlo, venga usted a mirar.

—¿Me puede dar su dirección?

La voz le dio una dirección que Sam se apresuró a anotar y le colgó.

—¿Y bien? —preguntó Mallory expectante—. ¿Dónde está Jake?

—En la Casa de los Siete Velos.

Ida Lee silbó.

—Vaya, vaya. Menudo jefe más loco he ido a elegir. Ya sabía yo que este trabajo iba a ser divertido. ¡Los Siete Velos! ¿Se lo imaginan?

—¿Qué tipo de sitio es Los Siete Velos? —preguntó Sam a Ida Lee mirando, sin embargo, a Mallory. Al respirar, su pecho se hinchaba y parecía que el vestido fuera a estallar. Parecía como si estuviera preparándose para la respuesta.

Ida Lee sonrió sin poder ocultar su emoción.

—Es un sitio de strip-tease.

Lenora iba a matarla.

No, borra eso. Pensaría que la muerte era poco. Su hermana mayor iba a perseguirla con un zapato de tacón alto para hacerle un bonito tatuaje.

Le había ordenado que no se metiera en sus asuntos y más específicamente le había prohibido que hiciera de Cupido entre Jake y ella. Mira que le había dicho que no hablara con él para convencerlo de que no se pensara lo de la boda.

Y se encontraba yendo hacia un local de

strip-tease con el hermano de Jake, que era un bombón, y al que había contratado para encontrarlo.

Era un poco raro, pero, si le hubiera contado la verdad, podrían haber pasado dos cosas:

No habría aceptado el caso porque ella no era la prometida, sino solo su hermana, o habría ido a hablar directamente con Lenora para saber dónde podía haber ido su hermano.

Lenora no iba a irse a casa de sus padres a Harrisburg a cuidar su pobre corazón hasta el día siguiente. Si Jake hablara con ella antes, se daría cuenta de que Mallory había vuelto a meterse en sus cosas. Se enfadaría y ordenaría que dejaran de buscarlo.

Mallory no podía dejar que aquello ocurriera. Era de vital importancia que Jake comprendiera que él y Lenora estaban hecho el uno para el otro. También había que tener en cuenta otros aspectos.

Si no volvían, tal vez Lenora quedara tan destrozada que no pudiera seguir con la empresa y la dejara en manos de su hermana.

Teniendo en cuenta cómo se las había apañado la primera vez que había tenido que ir sola, aquello sería un desastre. Sobre todo, porque Lenora amaba su empresa tanto como amaba a su prometido y Mallory, no.

No. Mallory se había visto obligada a decirle aquella pequeña mentira blanca para que Lenora no se enterara.

—Cuando lleguemos, me esperas en el coche —dijo Sam tamborileando con los dedos en el salpicadero y mirándola con aire preocupado. Mallory sabía que nunca la habría dejado acompañarlo si el coche no hubiera sido suyo—. Quiero que me lo prometas.

Mallory bajó la mano izquierda del volante a la cadera y cruzó los dedos, tal y como había hecho antes de decirle que era la prometida de su hermano.

—Te lo prometo.

Después de eso, Jake parecía más tranquilo. Mallory quería mirarlo, no porque no supiera cómo era, no, eso lo tenía muy claro. Estaba como para darse la vuelta por la calle, el hermanito de Jake. Se parecían muchísimo. Por eso, lo había dejado entrar en la oficina de Jake. Jake era guapo, pero Sam ya era para caerse de espaldas.

Era más alto, más delgado y tenía el pelo más oscuro, casi negro. Jake parecía ir siempre afeitado perfectamente, aunque fueran las doce de la noche, pero Sam tenía una barba incipiente que le daba un aspecto de lo más sensual. Jake tenía unos bonitos ojos azules, pero los de Sam eran más oscuros, como el color del océano más profundo.

Si no hubiera estado desesperada, jamás le habría dicho a semejante pedazo de hombre que se iba a casar. Y nada menos que con su hermano. Maldición.

Volvió a fijarse en la carretera, que tenía una fina capa de nieve. Teniendo en cuenta que se dirigían a una zona de la ciudad más sórdida que la de Jake, Mallory agradecía la nieve porque tapaba la porquería.

Al final de una calle había un edificio que había sido antes almacén. Tenía un cartel rojo encima de la puerta en el que ponía «Desnudos al natural».

La Casa de los Siete Velos.

Mientras Mallory aparcaba el coche, se abrió la puerta y salieron dos hombres abrazados y cantando.

—No debería haber dejado que me convencieras para que te trajera conmigo.

—No me has traído tú; te he traído yo.

—Eso no significa que tú debieras estar aquí —dijo Sam. Las luces eran tan tenues que parecía que tenía el pelo más oscuro y apenas le veía la cara, esa cara fuerte y vulnerable a la vez. Sam apretó los dientes—. Quédate en el coche hasta que yo vuelva.

Mallory sonrió y Sam sintió que el frío de la noche amainaba. No era de esas mujeres que se echaban atrás en cuanto había peligro, pero la preocupación de Sam le había gustado. Le acarició la mandíbula y sintió su piel caliente. Muy caliente.

—¿Te han dicho alguna vez que resultas muy dulce cuando estás preocupado? —murmuró mirándolo a los labios. Tenía una boca de lo más sensual, con labios carnosos. La calefacción se había apagado cuando Mallory había apagado el motor y oía la respiración de Sam. Giró la mano para notar su aliento, para tocarle los labios, pero él se echó hacia atrás y ella dejó caer la mano.

—Quédate aquí —repitió con voz menos seguro que un minuto antes. Salió del coche y se dirigió a la entrada del local.

Mallory negó con la cabeza.

—Idiota, idiota, idiota —dijo en voz alta—. No debes acariciar al hermano de tu falso prometido —añadió pensativa—. Claro, que, como Jake no es mi prometido en realidad, tal vez no haya hecho nada malo.

Lo malo era que Sam creía que sí lo era. La expresión que se había apoderado de su rostro cuando lo había tocado era, evidentemente, culpa. No había que ser un genio para saberlo.

—Maldición —dijo de nuevo repitiendo su nuevo mantra—. No debes acariciar al hermano de tu prometido.

Tomó aire y decidió cumplir su voto, al

menos, hasta que apareciera Jake. Luego, salió del coche.

El hecho de que no fuera a acariciarlo, no implicaba que fuera a obedecerlo.

¿Qué garantías tenían de que Jake no fuera a huir por la puerta de atrás? Obviamente, no le gustaban los compromisos, pero ella debía hacerle ver que estaba equivocado. Además, hacía un frío tremendo allí fuera.

Cruzó el aparcamiento en dirección al local resbalándose continuamente porque aquellos zapatos de charol no estaban hechos para andar sobre la nieve. Cuando estaba a punto de llegar a la puerta, apareció una figura de pelo blanco a su lado.

—Voy a echar un vistazo dentro y vigilaré la puerta de atrás —dijo Ida Lee andando a su lado como si el haber aparecido de repente fuera de lo más normal—. Si veo a Jake, saltaré sobre él.

—Pero si no sabe cómo es.

—Detalles, detalles. Es como su hermano, ¿no? Se me dan bien los parecidos familiares y la investigación privada.

Mallory la miró con los ojos entrecerrados.

—¿Cómo ha llegado hasta aquí?

Ida Lee chasqueó los dedos.

—Si se me hubiera ocurrido que podía haber venido con ustedes, no habría tomado un taxi.

—¿Sam le dijo que podía venir?

—No me dijo que no viniera —contestó la mujer—. Tome, aquí tiene un aparato de telecomunicaciones.

—Esto parece un walkie—talkie infantil —dijo Mallory mirándolo de cerca—. ¿Eso no es Barney el dinosaurio? ¿No me diga que se lo ha robado a sus nietos?

—No la oigo —dijo Ida Lee poniéndose una mano en el oído, como si le fallara tanto como la vista. Mallory iba a contestar, pero habían llegado a la puerta. Estaba abierta y una música a todo volumen las envolvió, así como un aire caliente y un halo de humo.

Mallory entró e Ida Lee la siguió. Un hombre enorme, que Mallory pensó sería el portero, les sujetó la puerta. Debía de medir más de dos metros y no sonreía, tenía la mandíbula de granito y unos ojos minúsculos. Parecía un tipo peligroso.

Ida Lee le tiró de la manga y el hombre la miró.

—Debería decirle a toda esa gente que dejara de fumar. Esto parece el interior de una pipa.

El hombre se llevó la mano derecha, en la que tenía un cigarrillo, a la boca y le echó el humo en la cara.

Ida Lee lo miró, levantó el pie y dejó caer

el peso de la bota con todas sus fuerzas sobre el empeine del hombre, que gritó con los ojos llenos de lágrimas.

—Eso le enseñará a tener más respeto por los mayores —dijo Ida Lee—. Voy a echar un vistazo —le dijo a Mallory al oído.

De repente, había desaparecido y Mallory se había quedado con el gigante. Se alejó de él a toda velocidad y, a los diez pasos, se quedó parada mirando a la mujer que estaba en el escenario.

Todo su cuerpo se movía al ritmo de la música excepto sus pechos. Mallory se miró los suyos, más pequeños en comparación.

—Esos no son de verdad ni por asomo —comentó para sí misma porque nadie la escuchaba.

—¿Qué quieres decir con eso de que necesitabas salir? ¿Es que yo no soy suficiente mujer para ti?

Era una voz penetrante, más alta que la música; parecía la alarma de un coche. Muy cerca de Mallory, una mujer delgada y rubia estaba señalando a un hombre alto y grande con el dedo índice. Al hombre le temblaba el labio inferior. Mallory se acercó un poco más a ver qué pasaba.

—Cariño, lo siento —se disculpó el hombre en voz baja—. Sabes que te quiero a ti.

—Entonces, ¿qué haces aquí? —dijo la

mujer alzando un bolso enorme como el de Ida Lee.

—Con el bolso, no —imploró el hombro tapándose la cara con los brazos—. Por favor, con el bolso no. No le sirvió de nada. La rubia, enfurecida, lo golpeó. El bolso le cayó sobre el pecho—. Ay, qué dolor.

—Más te dolería que te dejara, Shea Cooper —dijo la mujer dispuesta a arrearle un golpe con el bolso de nuevo.

Mallory no podía permitirlo. ¿La rubia no se había dado cuenta de que su marido estaba sufriendo tanto física como emocionalmente? La quería a pesar de sus tendencias masoquistas con el bolso. Se apresuró a meterse entre la pareja.

—La base de una buena relación es el perdón —gritó para que la oyeran por encima de la música—. Shea le ha pedido perdón. Debería perdonarlo.

—¿Quién diablos es usted? —dijo la mujer dando un paso al frente—. ¿Está con mi marido? ¿Por qué sabe su nombre?

—Porque la he oído llamarlo Shea. Yo...

—¿Cómo se atreve a meterse entre nosotros? ¿Cómo osa decirme lo que tengo que hacer con mi vida?

La rubia dio un paso atrás para tomar impulso con el bolso. Oh, oh. La rubia no se había dado cuenta de que Mallory solo quería ayudar y todo el mundo sabía que no hay nada peor que una mujer que se cree que otra quiere quitarle a su hombre.

La rubia ya no iba a seguir pegando a su marido. Iba por Mallory.

Capítulo tres

La Casa de los Siete Velos estaba tan llena de humo que Sam deseó que entrara una ráfaga de viento y se lo llevara para poder ver a los clientes. Había tan poca luz que ni un tifón podría con él. Solo estaba iluminado el escenario.

Sam nunca había frecuentado aquel tipo de locales. Prefería las mujeres con algo de misterio. Le parecían más sensuales que las que lo enseñaban todo. Además, aquellas bailarinas no tenían nada que no hubiera visto antes.

Echó un vistazo al escenario para cerciorarse. Bueno, la verdad era que aquella bailarina tenía la delantera más grande que jamás había visto. No le sorprendería que se tropezara y se cayera.

Aun así, prefería mujeres más reales. Como Mallory. Seguro que tenía pechos suaves y firmes.

Dejó de mirar a la bailarina y siguió buscando a su hermano. Tenía que controlar aquel loco deseo que sentía por Mallory. Y rapidito.

Cuando lo había acariciado y mirado en

el coche, su cuerpo había sufrido un sobrecalentamiento. Unos segundos más y se hubiera tirado sobre ella para besarla. Intentó dejar de pensar en ella, pero se encontró fantaseando con sus pechos. Los pechos de la prometida de su hermano.

Aunque estaba enfadado con Jake por haberlo metido en aquello, seguía siendo su hermano. Y un hermano leal no tenía fantasías sexuales con la prometida de su hermano.

Cuanto antes encontrara a Jake y saliera de Dodge, mejor. Él se iría a navegar en el catamarán que lo estaba esperando en Florida y su hermano y Mallory se quedarían juntos. A no ser que se le ocurriera algo para sabotear eso último y convencer a Mallory de que se fuera a navegar con él.

Estupendo. Soñando con ser el instrumento que acabara con lo que ella definía como amor de verdad. Era una sabandija. No. Peor. Era un canalla.

La música dejó de sonar y oyó a una mujer que acusaba a otra de estar ligando con su marido. Sam simpatizó inmediatamente con la transgresora. Él no estaba ligando con Mallory, pero no era por falta de ganas.

Se giró para ver a las mujeres. Una rubia con el pelo alborotado y los ojos fuera de las órbitas estaba amenazando a otra, que era más alta y tenía el pelo largo y rizado.

Maldición. Era Mallory.

La rubia había levantado el bolso y se disponía a arremeter contra ella. En un abrir y cerrar de ojos, se abrió paso entre la multitud y se interpuso entre ellas.

—¡El bolso! —gritó el hombre que había detrás de Mallory—. ¡Cuidado con el bolso! ¡Toma!

El citado bolso golpeó con fuerza a Sam en el hombro. Aquel bolso no era normal. Debía llevar dentro ladrillos o bloques de cemento. Sam vio las estrellas hasta que unas manos suaves y delicadas lo tocaron y el olor a amanecer y flores de azahar de Mallory lo envolvió.

—¿Estás bien? —preguntó nerviosa. Sam veía dos Mallorys. Parpadeó hasta enfocar, asintió y se irguió. Ningún bolso iba a poder con Sam Creighton, aunque tuviera ladrillos dentro.

—Quítese de ahí y déjeme que dé buena cuenta de esa guarra —gritó la mujer pidiendo guerra—. Nadie liga con mi marido y se va de rositas.

Sam se frotó el hombro y permaneció entre las dos mujeres. No pensaba quitarse. Mallory pesaba mucho menos que él. No sobreviviría a un buen golpe de aquel bolso.

—Ella no está con su marido —dijo Sam.

—¿Y espera que me lo crea?

—Créase esto —contestó agarrando a Mallory y levantándole el mentón con dos dedos. Ella se dio cuenta de lo que iba a hacer, lo vio en sus ojos, y abrió la boca sorprendida. Era tan tentador que, aunque la rubia no hubiera estado mirando, Sam lo habría hecho igual.

Sam inclinó la cabeza hasta que sus labios tocaron los de ella con más fuerza que el bolso. Sobre todo porque Mallory también estaba besándolo. La música había vuelto a sonar y su corazón retumbaba al ritmo de la batería. Sintió que el estómago se le daba la vuelta, se le endurecía el cuerpo y el alma se le desgarraba. Entonces, recuperó la cordura y se apartó.

Se quedó mirando a Mallory, que estaba confundida, y no se molestó ni en mirar a la rubia para ver si se había creído la farsa. Si había sido una farsa, a él no se lo había parecido.

Y parecía que a Mallory, tampoco. Maldición. Era la prometida de su hermano.

Dejó de mirarla porque se sentía culpable. Tal vez, si la rubia le daba otro buen golpe...

—Eh, tú —dijo el gigante de la puerta—. ¿Por qué molestas a esta mujer? —añadió refiriéndose a la rubia.

—Pero, ¿qué dices? —intervino Mallory colocándose entre los dos hombres—. Es ella la que nos está molestando. De hecho, le ha dado un golpe con el bolso. ¿Dónde estabas entonces?

—Mirando —contestó el grandullón—. Creía que iba a machacarte a ti.

—¿Y por qué no se lo impediste? Estás aquí para poner orden, ¿no?

—Solo cuando es una pelea de hombres. A todos nos gusta ver una buena pelea entre dos leonas.

—¿Pero qué tipo de profesional eres? ¿Dónde está el dueño? Quiero hablar con él. Verás cuando se entere de cómo trabajas.

El gigante se puso un tanto rojo.

—No, lo dice de broma —dijo Sam agarrándola.

—De broma, nada.

—No te creas nada de lo que dice —le aseguró Sam empujándola de los hombros—. ¿Querías que nos echara?

—No lo habría hecho. No lo hizo con Ida Lee. Además, tendría que habérselo dicho a su jefe.

—Mallory, estamos hablando del dueño de un club de strip-tease. Seguramente, le parecería bien. Todo esto no habría sucedido si te hubieras quedado en el coche. ¿Cómo se te ocurre meterte en la pelea de la rubia y su pareja?

—Porque no quería que estropearan su relación por un malentendido.

—¿Así que los conocías? —preguntó él creyendo que, entonces, la cosa tenía sentido.

—No los había visto en mi vida.

—Entonces, ¿por qué...?

—¿Crees que podía quedarme sin intervenir cuando sabía que podía ayudarlos? —lo interrumpió ella con los brazos en jarras.

—Bueno, sí.

—Bueno, no. ¿Por qué crees que te seguí aquí dentro en vez de quedarme en el coche?

—Porque te gusta llevar la contraria.

—¡De eso nada!

—Dejo el caso.

—Bueno, está bien. Tal vez, me guste un poco llevar la contraria —admitió con una sonrisa encantadora que hizo aparecer un hoyito en su mejilla izquierda. Tuvo que controlarse para no inclinarse sobre ella y explorar el lugar con su lengua. Pero, ¿qué tenía aquella mujer que se le hacía tan irresistible?

—Ida Lee a la dama. Ida Lee a la dama.

La voz áspera de la secretaria octogenaria parecía salir de la tripa de Mallory. Sam lo entendió cuando ella se sacó el walkie del bolsillo del abrigo.

—Se me había olvidado decirte que Ida Lee está aquí dentro —dijo Mallory. Sam se preguntó si las cosas podrían ir a peor.

—Aquí Mallory.

—¿Quién? —preguntó la mujer.

Mallory miró a Sam y se encogió de hombros.

—No debe saber cómo me llamo. Aquí la dama. Cambio.

—¿Por qué no lo ha dicho desde el principio? El pájaro no está en el nido ni en los alrededores. Solo me queda un cuadrante por vigilar. Cambio y corto.

Mallory apagó el aparato y volvió a guardárselo.

—Ida Lee no ha visto a Jake. ¿Y tú?

—Tampoco —contestó dándose cuenta de que solo tenía ojos para ella—, pero todavía no he terminado de buscar.

—Te acompaño —dijo abanicándose con la mano—. Madre mía, menudo calor hace aquí dentro. No me extraña que las bailarinas se desnuden tan deprisa —añadió quitándose el abrigo.

A Sam se le cayeron los ojos al suelo, se le paró el corazón y se le aceleró la respiración. Su cerebro le mandó una señal de alarma. Mallory se había quitado el abrigo en el peor momento.

No había ninguna bailarina actuando y unos cuantos ojos se habían posado en su cuerpo. Alguien silbó.

—Mallory, ponte el abrigo —le dijo—. Te están mirando. A aquel de allí se le está haciendo la boca agua.

—No, hombre, no. Me miran porque voy disfrazada de Annie.

—No creo que sea por eso...

—Eh, preciosa —los interrumpió un hombre con una cerveza en la mano. Al hablar, la movió y una parte del líquido cayó al suelo—. ¿Cuándo nos vas a deleitar con tu numerito?

—¿Qué numerito?

—El que vas a hacer en el escenario.

—Pero, ¿qué dice? —dijo con los ojos como platos—. Se cree que soy una bailarina —añadió mirando a Sam—. No soy bailarina —le aclaró al borracho.

—Entonces, ¿por qué va vestida así?

—Porque voy disfrazada de Annie, la huérfana.

El hombre echó la cabeza hacia atrás y se rio.

—Pues vente a vivir conmigo cuando quieras.

—Ya está bien —intervino Sam dispuesto a defenderla por segunda vez desde que habían llegado a la Casa de los Siete Velos—.

La señorita no es bailarina, así que discúlpese.

—Eh, que no he dicho nada —dijo el hombre levantando ambas manos. La cerveza cayó al suelo—. No sabía que estaba contigo. Lo siento, preciosa. Yo no tengo la culpa de que parezcas una bailarina.

—Le he dicho...

—Déjalo, Sam —le indicó Mallory poniéndole una mano en el brazo. Sintió sus músculos tensos y supo que estaba dispuesto a pegar a aquel hombre. Por ella—. Voy a volver a ponerme el abrigo.

Sam dudó y el hombre desapareció entre la gente. Mallory se puso el abrigo, la música volvió a sonar y salió otra bailarina al escenario. Así de fácil. La atención fue de ella al escenario, pero Mallory no podía apartar la vista de Sam.

Sin pensárselo dos veces, se acercó y lo besó en la mejilla. No era tan maravilloso como besarlo en la boca, pero era mejor que nada.

—Gracias por defenderme.

—Alguien tenía que hacerlo —murmuró él sin mirarla a los ojos—. Será mejor que nos vayamos si no queremos volver a vernos en las mismas.

—Pero no hemos terminado de mirar. No podemos irnos sin encontrar a Jake.

—Jake no está aquí.

—Tiene que estar aquí. Llamó desde este número. Tengo que encontrarlo.

Una camarera que estaba sirviendo en una mesa cercana los miró. Era rubia y llevaba un perfume mareante y una minifalda más corta que la de Mallory.

—¿Están buscando a un tal Jake? Tal vez, yo pueda ayudarlos.

—¿Conoce usted a Jake Creighton? —preguntó Sam mirándola incrédulo.

La camarera hizo un globo con el chicle y se apoyó la bandeja en la cadera.

—No sé si se apellida así. Aquí la gente no suele dar su apellido, pero podría tener información.

Se quedó mirándolos y extendió la palma de la mano. Sam suspiró y agarró su cartera.

—No tan rápido. Dinos, primero, cómo es ese Jake.

—Moreno, alto y de ojos azules —contestó la rubia mirando a Sam—. Se parece a él.

—Dale el dinero —ordenó Mallory. Sam sacó un billete de veinte dólares, que la camarera se apresuró a guardarse.

—Jake se acaba de ir hace diez o quince minutos con Patty Peaks. Se han cruzado con ellos.

—¿Jake se ha ido con una mujer? —preguntó Mallory sorprendida. Si Lenora se enterara de aquello, la destrozaría—. ¿Quién es Patty Peaks?

—Una amiga mía —contestó la camarera.

—¿Tienes su dirección? —preguntó Ida Lee.

—Puede, pero eso les va a costar otros veinte —dijo mirando a Sam. Él suspiró y se los entregó. Una vez en su bolsillo, contestó—. No, Patty no tiene dirección fija. Suele ir a casa de amigos.

—¿No tiene dirección?

—Pero si acabas de decir que sabías su dirección —protestó Sam.

—Yo no he dicho eso. He dicho que podía que la supiera.

—¿Sabes adónde han ido?

—Puede —contestó la camarera mirando de nuevo a Sam.

—Esta vez, no te va a dar resultado —intervino Ida Lee levantando la bota para darle una patada—. Será mejor que cantes, canario, o te voy a sacar la información a golpes.

La camarera dio un paso atrás.

—De acuerdo, de acuerdo. No sé adónde han ido. Patty no me lo ha dicho y yo no se lo he preguntado. No es asunto mío.

Mallory intentó controlar la desesperación que se estaba apoderando de ella. No podían hacer nada. Su futuro cuñado estaba a punto de cometer un error garrafal al tener una aventura de una noche. Si es que era una aventura de una noche, claro.

—¿Los habías visto antes juntos? —preguntó sin poder disimular el pánico—. ¿Han llegado juntos? ¿Se han sentado en la misma mesa? ¿Se han ido juntos?

—Nunca había visto a ese Jake antes, pero Patty no pierde el tiempo en las mesas. No es una clienta sino una bailarina —contestó la camarera callándose un momento para que Mallory asimilara la terrible revelación—. A lo mejor, habéis visto su actuación. Acaba de terminar.

Mallory abrió los ojos horrorizada.

—No me digas que es la que tiene… —dijo haciendo un gesto significativo a la altura del pecho.

—Exactamente —contestó la camarera

Capítulo cuatro

Mallory pensó en cómo habría llorado su hermana si hubiera estado allí y se alegró de que Lenora no supiera que Jake se acababa de ir con Patty.

No tenía sentido contárselo.

Además, Mallory no creía que su futuro cuñado hubiera pasado la noche con la mujer tetona. Quizá, él fuera uno entre miles y se resistiera a sus encantos.

Si no hubiera sido así, ya se aseguraría de que el desliz de Jake con Patty fuera el único que cometiera.

—De verdad, estaré bien —le aseguró Lenora con voz temblorosa—. Solo necesito un poco de tiempo.

Sí, claro.

La casa que compartía con su hermana en Filadelfia hacía las veces de oficina y estaba siempre abierta aunque el único cliente que había ido en persona hasta aquel momento los había contratado para encontrar al Hombre Invisible.

Mallory acababa de volver de tomar café en el bar de la esquina. Hacía tanto frío y estaba tan oscuro que parecía más medianoche que mediodía.

Lenora seguía en pijama y, lo que era más alarmante, no se había maquillado. Su hermana se pintaba incluso para ir a jugar al tenis. Incluso una vez se había acercado a una nadador de gimnasia sincronizada para preguntarle qué maquillaje utilizaba.

Lenora no estaba tan bien como decía.

—No hace falta que finjas conmigo. Sé que estás destrozada —le dijo Mallory a su hermana pasándole el brazo por los hombros y estrechándola. Lenora tenía dos años más que ella, pero Mallory siempre había sentido un instinto protector hacia ella. Era bonita como una muñeca de porcelana, menuda y rubia. Mallory se había preguntado muy a menudo cómo podían ser hijas de los mismos padres—. Cuando le ponga la mano encima a Jake, lo voy a...

—¿Cómo? No estarás entrometiéndote otra vez, ¿verdad, Mallory?

—¿Yo? ¿Cómo se te ocurre? —protestó haciéndose la inocente.

—Te lo digo muy en serio. Esto no es asunto tuyo. No quiero que te acerques a él.

—Pero...

—Nada de peros —dijo Lenora sonándose la nariz—. Si Jake necesita tiempo para pensarse si quiere casarse conmigo, voy a concedérselo.

—¿Cómo puede no estar seguro? —soltó sin poder aguantar más—. Estáis hechos el uno para el otro. Todos lo sabemos.

—Para, Mallory —le ordenó su hermana parpadeando varias veces—. Esto no es como cuando amenazaste a la jefa de las animadoras con contarle a todo el mundo que llevaba el sujetador relleno con calcetines si no me hacía una prueba para entrar en el equipo. No puedes obligar a Jake a quererme.

—¡Pero si él te quiere! Sois la pareja perfecta. Sois como Heathcliff y Cathy, pero en humanos.

—Si prestaras tanta atención a lo que ocurre en tu vida como prestas a la mía, tú tendrías también tu... Heathcliff, por ejemplo —dijo Lenora antes de levantarse e ir hacia la cocina.

—¿Qué has querido decir con eso? —dijo Mallory siguiéndola.

—No creo que recuerdes la última vez que quedaste con un chico para salir.

—Eso es porque nunca conozco a nadie con quien me apetezca salir.

—¿Nunca?

—Bueno, casi nunca —contestó pensando que, si las circunstancias hubieran sido otras, habría querido salir con Sam. En realidad, le habría gustado hacer muchas más cosas con él aparte de salir. La noche anterior, cuando la había besado, se había dado cuenta de que podía hacer que un hombre se derritiera—. De todas formas, eso no tiene nada que ver con lo que estamos hablando.

—Tiene mucho que ver —dijo Lenora sacando un vaso y una botella de vino del frigorífico—. Deberías dejar de preocuparte por los demás y empezar a perseguir lo que tú quieres.

Lenora no pudo ni quitar el corcho porque Mallory le había arrebatado la botella de vino, había vuelto a meterla en la nevera y le había llenado el vaso de leche.

—Te agradecería que no bebieras por las mañanas y que hablaras conmigo. Es obvio que estás mal.

—¿Y la leche va a hacer que me sienta mejor?

—Hará que tengas los huesos y los dientes más fuertes —dijo Mallory más tranquila cuando su hermana comenzó a beberse la leche. Cuando se terminó el vaso, lo dejó sobre la mesa. Tenía los morretes blancos, pero Lenora estaba guapa incluso así—. Vamos, Lenora, cuéntamelo.

—Bien —dijo Lenora mirándola a los ojos—. Estoy triste y también enfadada.

—Bien, bien, muy bien.

—Estoy tan enfadada que he empezado a

replantearme lo que siento por Jake —añadió—. Mal, mal, muy mal. Creo que tendría que ver qué más hay por ahí.

—¡No! No hagas eso —exclamó Mallory recordando la horrible vida amorosa que había tenido su hermana en el pasado. Se había pasado muchos años rezando para que no se casara con ninguno de los imbéciles con los que salía. Mallory no se había podido relajar hasta que había aparecido Jake—. Te vas a casar con Jake.

Lenora parpadeó para no llorar.

—Como en estos momentos, eso es bastante dudoso, había pensado llamar a Vince para ver si quiere que volvamos a intentarlo.

—¿Vince DelGreco? —repitió Mallory. Pensar en que su hermana podía volver con aquel tipejo le hizo sentir náuseas. Llevaba cazadora de cuero y el pelo engominado y no paraba de decir que ni la música disco ni Elvis estaban muertos. El tipo era un gusano.

Vince solía frecuentar bares para ligar. Una vez, sin saber que era la hermana de Lenora, le había propuesto que lo ayudara a encontrar a su perrito, que se le había perdido en el motel de enfrente. Mallory se estremeció.

No se merecía que lo consideraran un gusano. Era más bien un geco.

Mallory se obligó a tranquilizarse. No solía conseguir nada con su hermana cuando perdía los papeles.

—Venga, Lenora. En serio. ¿Sabías que Vince cree que sabe lo que quieren las mujeres leyendo el Cosmo?

—¿Por eso tenía siempre tanto interés en que hiciera aquellos tests sobre sexo tan ridículos?

—Dime que no vas a llamarlo —suplicó Mallory—. Dale más tiempo a Jake. Entrará en razón.

—Puede que le dé un poco más de tiempo —dijo Lenora—. En cuanto termine de hacer la maleta, me voy a casa de papá y mamá. Si puedes hacerte cargo de la empresa, claro.

—Por supuesto —contestó intentando sonar segura de sí misma. Nada más lejos de la realidad. Había seguido el consejo de Sam y había puesto un anuncio. No sabía si podría hacerse cargo de todo si aquello generaba más clientes. Tal vez, lo del anuncio no había sido tan buena idea—. Prométeme que no vas a llamar a Vince.

—No te prometo nada. A Jake le estaría bien empleado que volviera con Vince. Al menos, él me aprecia.

Mallory se mordió el labio inferior y se dijo que había hecho lo correcto contratando a Sam para encontrar a Jake.

Se moría de ganas de decirle a Sam quién era en realidad, pero no podía arriesgarse a perder su apoyo. No cuando lo de su hermana con Jake era amor de verdad y DelGreco el Geco estaba revoloteando por encima de sus cabezas.

Encontrar a Jake ya no era importante. Era crucial.

Sam abrió la nevera de Jake en busca de algo que beber tras un día frustrante buscando a un hermano que no quería que lo encontraran.

Como no le gustaba nada cómo se estaba comportando Jake con Mallory, quizá fuera mejor que no apareciera.

Estaría preocupado por su hermano si no hubieran pisado la Casa de los Siete Velos. Sin embargo, dadas las circunstancias, no era preocupación precisamente lo que sentía. ¿Qué clase de hombre dejaba a una mujer tan maravillosa como Mallory por una bailarina de strip-tease? A Sam le daba igual que Patty tuviera los pechos muy grandes; seguro que no eran tan grandes como el corazón de Mallory.

No era que él fuera un santo, no. Aunque los pechos de Patty no le llamaban la atención, no le importaría ver lo que había bajo la blusa de Mallory.

No había muchas posibilidades de que eso ocurriera. No estaba de acuerdo con la forma que tenía Mallory de dejar que sus sentimientos guiaran sus actos, pero admiraba su pasión. Desgraciadamente, sufría con la misma intensidad con la que amaba. La noche anterior, su desesperación era tal que había sido imposible consolarla. Iba a pasar tiempo hasta que volviera a fiarse de un hombre. Mucho menos del hermano del que le había roto el corazón.

Lo mejor que podía hacer, desde luego, era comprarse el barco y perderse en cuanto encontrara a su hermano. Si no, no se hacía responsable de lo que pudiera ocurrirle a Jake.

El aire frío de la nevera lo sacó de sus cavilaciones.

Yogur de soja y brotes de alfalfa, germen de trigo y magdalenas de avena, zumo de col y leche de soja. ¡Puaj! Suficiente para que él, amante de las hamburguesas y de la cerveza, sintiera que se le daba la vuelta el estómago.

La verdad es que no conocía lo suficiente a su hermano como para saber lo que comía. Sam lo había tenido muy claro cuando se fue de casa al terminar el instituto. «Vive y deja vivir». Aunque Nueva York y Filadelfia no estaban lejos, ninguno de los hermanos había hecho el viaje más de una o dos veces.

A punto de cerrar la puerta de la nevera con hastío, vio algo que lo alegró. Cerveza. ¡Aleluya! La abrió y le dio un buen trago. Sintió que se le saltaban las lágrimas y que sus papilas gustativas protestaban.

Miró la etiqueta y sus temores se cumplieron. No era cerveza sino un sustituto sin alcohol. ¡Qué asco!

—Jake, no te reconozco —dijo en voz alta escupiendo en el fregadero y enjuagándose la boca.

En ese momento, sonó el timbre. Supuso que sería alguien buscando a su hermano, pero era Mallory. Llevaba una calva, las cejas pintadas de negro y una cicatriz en la mejilla izquierda.

—Hola —saludó sonriendo bajo un bigote muy fino. Estaba de lo más guapa. No parecía una mujer que estuviera sufriendo lo indecible—. Tengo que ir a una fiesta luego y he venido a ver si habías avanzado en el caso.

—¿El caso? —repitió mientras ella entraba. Se había pasado todo el día buscando a la rata de Jake, pero no porque trabajara para Mallory—. Creía que te habrías olvidado de Jake, después de lo de anoche.

Ella no contestó. Se desabrochó uno a uno los botones del abrigo y él se apresuró a ayudarla a quitárselo. Al hacerlo, le rozó la nuca y ella ahogó una exclamación de sorpresa. Cuando se dio la vuelta, Sam estaba sudando.

Aquella vez no llevaba un vestidito debajo sino un peto ajustado negro que se pegaba magníficamente a su cuerpo con una gran M en rojo en el centro. Era El Maníaco, un jugador de lucha libre increíblemente fuerte.

Mallory no había hecho el más mínimo movimiento, pero Sam se sentía como si le hubieran arreado un golpe en la boca del estómago y lo hubieran dejado sin respiración.

—Claro que no me he olvidado de Jake —dijo por fin.

Sam intentó no mirarla, pero no podía.

—No lo entiendo. ¿No estás enfadada con él?

—Claro que lo estoy —contestó ella. Sam pensó que su adorable boca estaría mejor bajo la suya que bajo aquel bigote. Como la noche anterior—. Pero no sabemos lo que hicieron Jake y Patty cuando se fueron de aquel local.

—Es cierto, no lo sabemos —dijo Sam intentando disimular que a él se le ocurrían un par de cosas.

—Además, aunque se... hubieran liado, no puedo tirar por la borda todo lo que tengo con Jake por un pequeño desliz.

Sam no podía dejar de mirarle la boca aunque no le estaba gustando nada lo que estaba oyendo. La lealtad le parecía admirable, pero aquello ya era demasiado.

—Yo no diría que habría sido un desliz.

—Créeme, Jake va a pagar por esto, pero conseguiré hacerlo entrar en razón cuando lo encontremos.

—¿Estás segura? —preguntó pensando que podría sufrir de nuevo. Su instinto protector le hizo acercarse a ella como si su presencia fuera un escudo protector para ella.

—Por supuesto —contestó mirándolo a los ojos. A pesar de su atuendo, tenía tal cuerpo que, calva y todo, estaba guapa—. ¿No sabes lo difícil que es que dos personas que están hechas la una para la otra se encuentren? —añadió en voz baja.

Sam la miró y, por un momento, creyó que se refería a ellos dos. ¿Cómo sería sentirse amado por una mujer de tan buen corazón como Mallory?

Se acercó más a ella con la intención de besarla, pero se paró al recordar que era la prometida de su hermano y que lo quería de verdad.

—Lo quieres mucho, ¿verdad? —Ella no contestó. Parecía en trance—. ¿Mallory?

—¿Qué?

—Mi hermano, que debes quererlo mucho.

—Ah, sí, claro, tu hermano. Es un tipo genial. Por esto quiero encontrarlo. Por eso he venido. Para ver si habías averiguado algo.

Sam dio unos pasos atrás.

—No he hecho muchos progresos. Esta mañana, he vuelto a ir a la Casa de los Siete Velos para ver si veía a Patty, pero estaba cerrado. Luego me puse a recorrer Filadelfia con el coche intentando pensar adónde podría haber ido Jake.

—Estás de broma, ¿no?

—¿Por qué?

—Porque estar por ahí dando vueltas... —se interrumpió al ver unas cuantas novelas policíacas sobre la mesa. Sam Spade. Phillip Marlowe. Spenser. Fletch—. ¿De dónde los has sacado?

—Me los ha dado Ida Lee. Me aconsejó que me documentara un poco y que me comprara un sombrero.

—Me parece una buena idea. Lo de la documentación, digo. Esos sí que son detectives de verdad. Siempre resolvían los casos.

—Sí, pero siempre tenían pruebas.

—¡Eso es! Eso es lo que a nosotros nos falta. Estamos en casa de Jake. Seguro que ha dejado alguna pista de adónde se iba.

—¿Qué tipo de pista?

—No lo sé —dijo golpeándose el labio inferior con un dedo—. Tal vez, un folleto de viajes o alguna nota. Vamos a buscar.

—No podemos hacer eso —protestó Sam—. Sería invadir su intimidad.

—Te recuerdo que eres un detective privado —dijo Mallory buscando ya entre los libros y las revistas—. Además, es por su bien.

—¿Ah, sí?

—Sí. Cuando lo encontremos, podrá seguir con su vida —«Contigo». No lo había dicho, pero tampoco hacía falta. Cuando apareciera, Jake y Mallory arreglarían sus diferencias y seguirían con su vida. Y él, se iría con su barco y con la suya, que, al fin y al cabo, era lo que quería. Frunció el ceño—. Por favor, Sam. Es muy importante que lo encuentre —añadió mirándolo. Se quedaron mirándose a los ojos a unos cinco metros. Sam percibía la conexión que había entre ellos.

—Yo miraré arriba —contestó al cabo de unos diez segundos.

Al cabo de un cuarto de hora, Sam bajó y se encontró a Mallory en la cocina revisando una pila de facturas.

—¿Ha habido suerte? —preguntó ella.

—No —contestó él. No había nada en casa de su hermano que indicara adónde se había ido. Todo estaba limpio y ordenado.

Mallory se encogió de hombros.

—Solo nos queda, entonces, mirar en la basura.

—¿Qué dices?

—Tu hermano es un loco de la limpieza. No ha dejado nada en la casa que nos sirva, así que vamos a mirar entre lo que ha tirado —dijo poniendo periódicos en el suelo y vaciando el cubo de la basura. Sam dio un paso atrás, pero ella se puso de rodillas para mirar de cerca—. Dios mío, esta es la basura de don Limpio —añadió sacando el corazón de una manzana en una bolsa reciclable y el recipiente de una cena rápida, impoluto—. Hasta la basura está limpia.

—Esto no me parece bien, Mallory. ¿A ti te gustaría que alguien husmeara en tu basura?

—Sería una prueba de amor muy bonita —contestó ella bajando la mirada, como si hubiera hablado de más. Sam se descubrió de nuevo maldiciendo a su hermano.

—Jake es un loco si no quiere husmear en tu basura.

—Gracias —contestó ella mirándolo. Sam volvió a sentir aquella conexión, pero Mallory bajó la mirada y se acabó—. Eureka —dijo al cabo de un rato mostrando un trozo de papel con un nombre, una dirección y un número—. ¿Conoces a un tal padre Andy O'Brien?

—No he oído nunca ese nombre.

—Qué interesante. Jake puso una fecha en este trozo de papel.

—¿Pone fecha a los papeles que tira?

—Mejor eso que se dedique a tirarse a Patty Peaks —contestó ella—. No, en serio, ponerle fecha a los papeles de la basura ya es demasiado. Será la fecha y la hora que había quedado para verse con el padre O'Brien. ¿Para confesar sus pecados, quizás?

—No somos católicos.

—Dios mío —dijo ella levantándose y caminando por la habitación—. ¿No estará pensando en dar un giro radical a su vida? ¿No querrá hacerse sacerdote o hacer voto de celibato?

A Sam no le pareció tan mala idea. Así, no podría tocarla.

—Me parece que estás sacando conclusiones exageradas —le dijo para liberar el sentimiento de culpa por pensar aquello.

—Solo hay una forma de saberlo. Vamos a ir a ver al padre O'Brien.

—¿Así vestida?

—¿Vestida cómo? —dijo mirándose—. Madre mía, se me había olvidado que tengo una actuación esta tarde.

—Claro, la del Maníaco disfrazado de

drag-queen.

—¿Cómo?

—¿Ah, no es eso de lo que vas vestida?

—No, simplemente del Maníaco. ¿No me parezco?

—No, la verdad es que no —contestó él pensando que el luchador no tenía aquellas curvas tan provocativas. Mallory se tapó la cara con manos temblorosas y Sam decidió hacer algo—. Mira, dejamos lo de ir a ver al padre para mañana y ahora nos dedicamos a practicar tu actuación.

—¿Harías eso por mí? —Eso y cualquier otra cosa que le pidiera. Sobre todo, si implicaba contacto físico. Sam asintió—. Gracias —añadió sonriendo—. Muy bien. Tenía pensado llegar con el grito de Tarzán y decir algo como «He buscado por toda la selva en busca de una niña que cumple años hoy».

—Me parece que estás confundiendo al Maníaco con Jim el Salvaje, el luchador que hace el grito de Tarzán.

—Estás de broma.

—No, te lo digo en serio.

—Menos mal que me lo has dicho. Bueno, después de mover la cachiporra sobre la cabeza...

—Siento interrumpirte, pero El Maníaco no lleva cachiporra. Ese es el Presidiario, del traje a rayas negras y blancas.

—Bueno, fuera la cachiporra, entonces —dijo irguiendo los hombros—. Ahora llegamos a la parte buena. Cuando traigan la tarta, encenderé las velas con la vara en forma de rayo.

—Eh, Mallory, siento decirte que...

—¿El Maníaco no tiene una vara en forma de rayo?

—No, ese es el Señor Tormenta.

—¿Se puede saber qué tiene, entonces, El Maníaco? —preguntó ella con los brazos en jarras.

Sam puso los ojos en blanco. No había que ser un experto en lucha libre para saberlo. Aquel tipo era más conocido que Hulk Hogan.

—Lo tiene todo. Superfuerza, superaltura y supermovimientos. Es el superhéroe de la lucha libre.

—O sea que lo de encender las velas como que no, ¿no?

—No, más bien, no. Me parece que lo que tú necesitas es un poco de supervisión.

—Sí —contestó ella paseándose—. Esto es un desastre. No sé cómo le he dicho a Lenora que podría hacerme cargo del negocio. Cuando vuelva, lo habré arruinado.

Sam cruzó la habitación y le puso las manos en los hombros para consolarla. Solo quería eso. Hasta que ella levantó la vista y lo miró con ojos lacrimógenos. Entonces, quiso hacer mucho más que consolarla. Maldición.

—Tengo una idea —sonrió Sam—. ¿Es la fiesta de una niña pequeña?

—Sí, le encantan los luchadores.

—Perfecto. Entonces, mi plan funcionará.

—¿Tienes un plan?

—Por supuesto. Mira —dijo tocando la M que llevaba en el pecho. Al despegar el velcro que la sujetaba, no pudo evitar tocarla, lo que hizo que ella lo mirara sorprendida y abriera la boca. Sam se apresuró a darle la vuelta a la letra y a volver a colocarla sin tocarla para no perder el control.

Luego, le borró el bigote con el dedo. Para ello, tuvo que tocarle los labios y sintió una punzada en el estómago. Mallory no se movía, solo lo miraba. Sam le quitó la calva y observó su pelo cayendo en cascada sobre los hombros.

Se moría por seguir tocándola, así que se puso las manos a la espalda. Carraspeó y observó la transformación.

—Adiós al Maníaco y bienvenida Womaniac.

Sam la vio mirarse la letra y sonreír abiertamente antes de abalanzarse sobre él y cubrirle la cara de besos.

Él se rio y se sintió tan poderoso como El

Maníaco, pero, al ver que ella se acercaba demasiado a su boca, la apartó con suavidad.

Si Jake estuviera viéndolos y tuviera supervista, ya lo habría reducido a cenizas.

Capítulo cinco

Te he dado las gracias por la sugerencia del disfraz? —le dijo Mallory a la mañana siguiente mientras andaban sobre la nieve en dirección a la dirección del padre O'Brien.

—Me parece que sí. Unas cinco veces, creo recordar —contestó Sam tocándose la barbilla pensativo. Mallory se preguntó cómo sería sentir su piel. Se le secó la boca al pensarlo—. No fue nada. Simplemente, adecuar las exigencias del cliente con la solución más favorable.

Estaban a unos veinticinco kilómetros del centro de la ciudad, en un barrio de viejos caserones. La casa del padre O'Brien era tan impresionante como las demás. Era un edificio de dos plantas, de piedra y con la entrada acristalada. No había ninguna iglesia anexa, lo que hacía suponer que el padre estaría jubilado.

Mallory no estaba pensando en O'Brien ni en las preguntas que tenían que hacerle, sino en que Sam estaba avergonzado porque ella le diera las gracias. Sus mejillas sonrosadas la estaban excitando. Pensó que, seguramente, sus mejillas tendrían el mismo color después de hacer el amor. Carraspeó y decidió salir de su cama, en pensamiento, claro.

—¿Cómo que así de simple? Fue una idea buenísima—. Las niñas se dieron cuenta de que una mujer puede hacer todo lo que se proponga. Fue muy bueno para su autoestima.

Se quedaron mirándose frente a la puerta y fueron acercándose poco a poco el uno al otro.

De repente, la puerta se abrió y ambos dieron un paso atrás como sintiéndose culpables. El hombre que había abierto era alto y delgado, de cara angular, pelo gris y gafitas en la punta de la nariz. Sin embargo, lo que verdaderamente llamaba la atención de él era su camisa de colores vivos y sus pantalones color violeta.

—Lo siento —dijo Sam recobrándose—. Nos hemos debido equivocar. Estábamos buscando al padre Andy O'Brien.

—Soy yo —dijo el hombre. De la casa salía música que parecía rock—. Bienvenidos, hijos.

Mallory se dio cuenta de que tenía la boca abierta y se apresuró a cerrarla. Había algo en él que le resultaba familiar, pero no tenía pinta de cura. Se lo iba a decir cuando Sam le ofreció la mano.

—Encantados de conocerlo, padre —lo saludó—. Somos...

—Sé quiénes sois —dijo agarrándolos de las manos—. No sabéis lo que me alegro de que hayáis venido. Me entristeció mucho cuando anulasteis la cita.

—Pero...

—Pasad, que hace frío —les indicó, haciéndolos pasar a una casa digna de una revista de decoración. Tenía suelos de madera, alfombras persas y un majestuoso reloj.

—Perdone, padre —dijo Mallory ante tanta opulencia—, pero, ¿no se supone que los sacerdotes hacen un voto de pobreza?

El hombre echó la cabeza hacia atrás y se rio.

—¿Qué os hace pensar que soy cura?

—Lo de padre...

—Ya, bueno, la gente lleva veinticinco años llamándomelo, pero soy asesor. Lo que me gustaría saber es por qué no recurren a sus propios padres a la hora de pedir consejo.

—Seguramente porque tu propio padre es, normalmente, el que menos te ayuda —dijo Sam en tono agrio. Mallory se preguntó si hablaría por propia experiencia.

—Por otra parte, no habría llegado donde he llegado si no hubiera sido por la gente que viene a verme. Pasad a mi despacho.

El despacho resultó ser tan impresionante como el resto de la casa. Tenía una librería hasta el techo, una mesa de caoba, con silla de cuero y moqueta color vino burdeos. El padre Andy tomó asiento y les indicó que hicieran lo propio.

—Ante todo, me gustaría que supierais que os podéis fiar de mis consejos. Llevo años trabajando como consejero.

—¿Qué tipo de consejero? —preguntó Mallory, a quien eso de cobrar por ayudar a los demás, le sonaba a ciencia ficción. Ella lo hacía gratis.

—De todo. Una de mis especialidad son los consejos prematrimoniales. Por eso habéis venido vosotros, ¿no?

—En realidad... —dijo Mallory.

—En cuanto abrí la puerta, supe que estabais enamorados. Se ve por cómo os miráis.

Mallory miró a Sam, que estaba tan acalorado que no tenía fuerzas ni para negarlo.

—No pongas esa cara. Es de lo más normal que el amor vaya acompañado por el deseo. Bueno, ¿para qué habéis concertado la cita conmigo?

—No hemos concertado ninguna cita.

El hombre frunció el ceño y agarró su agenda.

—¿No sois Franny Delaney y Danny Franconi?

—Más bien, Sam Creighton y Mallory Jamison.

—Hmm —dijo el padre Andy—. Bueno,

esto es muy raro. Nunca me equivoco con los enamorados y sé que, si no hubiera abierto la puerta en ese preciso momento, a estas horas estarías uno encima del otro.

—De eso nada —protestó Mallory con demasiada vehemencia.

—Me parece que la dama protesta demasiado —apuntó el asesor.

—Mallory va a casarse con mi hermano —aclaró Sam.

—Madre mía, entonces, sí que me necesitáis.

—No hemos venido en busca de consejo —se apresuró a decir Mallory—. Hemos venido porque estamos buscando a Jake Creighton, el hermano de Sam, mi prometido. Esperábamos que usted pudiera ayudarnos.

—¿Queréis que os ayude a completar vuestro triángulo amoroso?

—No es un triángulo amoroso —dijo Sam—. Mi hermano y Mallory van a casarse. Yo no tengo nada que ver.

—Me parece que el caballero también protesta demasiado.

—A ver —dijo Sam impaciente—, ¿ha estado mi hermano aquí, sí o no?

—Aunque hubiera venido, no se lo diría. Esto es como un confesionario. Por algo, me llaman Padre.

—Jake ha estado aquí —dijo Mallory cinco minutos después en el coche—. Lo presiento.

Sam también lo presentía, pero no sabía si era un buen presentimiento. Empezó a pensar que el barco y Florida iban a tener que esperar. Cuanto más tardaran en encontrar a Jake, más tiempo podría pasar con Mallory. Nunca había disfrutado tanto de la compañía femenina.

Aquello era un gran riesgo porque, cuanto más tiempo pasara con ella, más ganas tendría de besarla. Si el padre Andy no hubiera abierto la puerta, lo habría hecho ya.

—¿Por qué iba Jake a ver a alguien como el padre Andy? ¿Será que buscaba consejo sobre si casarse o no? Dios mío, ¿crees que está pensando poner fin a nuestra relación? —le preguntó mirándola con ojos llenos de pánico. De nuevo, Sam se dio cuenta de lo mucho que Mallory quería a su hermano. Por mucho que deseara abrazarla, lo que realmente quería era borrar aquel pánico de sus pupilas.

—No lo sabemos —dijo intentando sonar dulce y no celoso, que era como se sentía—. Aunque Jake hubiera venido a ver al padre Andy por eso, tal vez, se fuera más seguro que nunca de querer casarse.

—¿De verdad lo crees? —preguntó esperanzada haciendo que a él se le cayera el alma a los pies.

—Sí —contestó él dejándola de mirar y metiendo la llave en el contacto—. Ningún hombre en su sano juicio dejaría a una mujer como tú.

—¿Tú crees?

—Lo sé —dijo encendiendo el coche.

—¡Espera! —exclamó Mallory haciendo que él sintiera diez mil punzadas de deseo. La miró y el tiempo se paró entre ellos. No podía hacerlo. Ella le acababa de preguntar si creía que su hermano la seguiría queriendo tanto como para casarse con ella.

—¿Por qué?

—Mira, es el padre Andy. Se va.

Efectivamente, estaba montando en un deportivo espectacular.

—¿Y?

—Y creo que sabe algo —contestó ella animándose—. Vamos, tenemos que seguirlo.

Sam suspiró. Quería ayudar a Mallory, pero aquello de seguir a otra persona...

—Aunque quisiera seguirlo, no sé si podría —dijo buscando una excusa—. Tiene un Maserati. Va a salir disparado.

—Bueno, pero, inténtalo —imploró. Sam sintió que se derretía. Maldición.

—Lo intentaré —contestó viendo que el padre Andy ya bajaba por la ladera. Sin embargo, no iba a toda velocidad sino como una oruga.

—Creía que habías dicho que era un coche muy rápido.

—Sí, pero el padre debe ser lento de reflejos.

—No te arrimes mucho —le advirtió Mallory—. Se supone que tienes que ir a unos diez coches de distancia.

—¿Has seguido a alguien en otra ocasión?

—No, pero veo la tele —contestó Mallory viendo que el padre Andy llegaba al semáforo que había al final de la calle y torcía a la izquierda.

—Corre. Se va a poner rojo. Acelera o le perdemos —Sam aceleró y llegó al semáforo cuando estaba en ámbar. Pisó el freno para parar—. ¿Qué haces? Pasa.

—Pero está rojo...

—¡Dale! —gritó Mallory. Sam miró a izquierda y a derecha y aceleró.

—Ya está. ¿Ha sido tan difícil? —dijo ella justo antes de que Sam viera unas luces rojas y azules por el espejo retrovisor.

—La policía.

—¿No puedes darles esquinazo?

—No estoy tan loco —contestó echándose a un lado.

Diez minutos más tarde, tras ganarse una

multa y una bronca de un agente que parecía Harry el Sucio, siguieron en la dirección que había tomado el padre Andy.

—¡Mira! —exclamó Mallory señalando el coche rojo del asesor. Sam avanzó despacio—. ¡Qué suerte hemos tenido! Vamos a ver si nos lleva hasta Jake.

Jake, siempre Jake.

Intentó concentrarse en lo que estaba haciendo, pero no podía dejar de mirarla. ¿Qué más pruebas necesitaba para convencerse de que estaba loca por su hermano?

Un par de kilómetros más allá, el padre Andy torció a la derecha y subió muy lentamente otra colina.

En lo alto, había una casa enorme, con columpios y muñeco de nieve incluido.

Mallory frunció el ceño. Estaba tan convencida de que el padre iba a llevarlos hasta Jake que no podía creerse que se hubiera equivocado.

El padre Andy estaba entrando en el camino de la casa cuando sonó el móvil de Sam. Mallory sintió que le daba un vuelco el corazón. Tal vez, fuera Jake.

—No es un buen momento, Ida Lee —dijo Sam parando el coche enfrente de la casa. Mallory vio al padre Andy bajarse del Maserati y entrar en la casa. Sam escuchó un par de minutos y luego le dio a la secretaria la dirección y el número—. Ida Lee dice que necesitaba la dirección para tenerla en el archivo.

—No creo que vaya a haber mucho movimiento por aquí en un rato —dijo Mallory arrellanándose en el asiento.

—¿Por qué creo que vas a proponerme que esperemos?

—Los detectives privados no dicen esperar sino vigilar —contestó ella sonriendo.

—No recuerdo que Dick Tracy hiciera esto —apuntó Sam.

—Dick Tracy es un personaje de cómic, ¿no?

—Solo el detective más famoso del mundo del cómic, sí.

—Eso me parecía. Disculpa, pero es que no leí muchos cómics de pequeña.

—Yo tampoco. Mi madre era profesora de literatura británica y tenía que tenerlos escondidos. No le gustaba nada que leyera aquello. Los tenía en el desván.

—¿Y nunca te descubrió?

—Sí. Un día, abrió la trampilla del desván y le cayeron todos encima —rio Sam—. Menos mal que fueron los de Batman y no los de la Mujer Gato.

Mallory sonrió. Le gustaba compartir recuerdos con él. Dentro del coche se estaba bien y sintió que podía contarle cualquier cosa.

—En mi casa era todo lo contrario. Mi padre tenía vicio por los tebeos y mi madre por las revistas.

—¿Y no te parece el paraíso?

—Para mí, el paraíso era la sección de literatura de la biblioteca pública. Mis padres no se podían creer que no me interesara lo que ellos leían.

—¿Hiciste la carrera de literatura?

—No, hice filosofía. Por desgracia, no me di cuenta de las pocas salidas laborales que tenía.

—¿Por eso aceptaste trabajar con tu hermana, porque necesitabas un trabajo?

Mallory frunció el ceño. No había sido exactamente así. Lenora había llegado llorando a lágrima viva diciéndole que, si no encontraba un socio, tendría que cerrar la empresa. Por supuesto, ella se había ofrecido.

—No, fue para ayudar a Lenora.

—Lenora no es tu responsabilidad.

—Claro que sí. Es mi hermana.

Sam se rio.

—¿No crees que sabe cuidarse solita?

—Sí, ¿pero eso no significa que yo no la ayude a conseguir lo que ella quiera?

—¿Y lo que tú quieres?

—Yo quiero ayudar a Lenora —contestó frunciendo el ceño. ¿Por qué le costaba tanto entenderlo?—. Como tú quieres ayudar a Jake.

—No es lo mismo.

—¿Por qué?

—Porque tú estás haciendo lo de las fiestas porque es lo que tu hermana quiere hacer. Yo no me voy a hacer detective privado porque a mi hermano le dé la gana.

—Creía que ya eras detective privado.

—¿Qué dices? Pero si ni siquiera he visto nunca Colombo.

—¿Por qué me dijiste, entonces, que eras detective?

—Eso lo dijiste tú. Yo te seguí la corriente porque no quería que Jake perdiera una clienta.

—¿Ves? Para ayudarlo.

—Bueno, porque creía que volvería en breve y yo podría volver a navegar en mi maravilloso catamarán de ocho metros y medio de eslora.

—Así que eres marinero.

Sam se rio.

—Desde hace solo dos semanas. Hasta entonces era broker en Nueva York.

—Eso suena bien.

—Yo no diría tanto. Es caótico, estresante y competitivo, más bien.

—¿Y qué pasó?

—Un día, estaba abriéndome paso a codazos para llegar a un mostrador y me di cuenta de que llevaba tres días sin ver el sol.

—¿Y vendiste la empresa así, sin más?

—Sí, así, sin más —contestó chasqueando los dedos—. Pienso pasarme unos cuantos años haciendo lo que no he podido hacer. Por eso, me voy a comprar el barco.

—Creía que ya te lo habías comprado.

—Estoy en ello. Ya había dado la señal cuando recibí el mensaje de Jake pidiéndome ayuda.

Jake. Estaba tan a gusto con Sam que se le había olvidado que debía fingir que era la prometida de Jake. De repente, aquello se le antojó absurdo. Ella y Sam habían conectado. Seguro que entendería por qué lo había hecho. A esas alturas, ya sabía que llegaba donde hiciera falta con tal de ayudar a sus seres queridos. Seguro que no le importaría que fuera la hermana de la prometida de Jake, en realidad.

—Me sorprendió mucho que lo hiciera —continuó Sam antes de que le diera tiempo de sacar el tema—. Jake y yo teníamos un pacto para no meternos jamás en los asuntos del otro.

—Pero si eso es precisamente lo que hacen los hermanos que se quieren —protestó Mallory sorprendida de que no se hubiera dado cuenta—. Si tú no opinaras lo mismo, no estarías aquí sentado conmigo.

—De eso nada. Estoy aquí porque me has obligado. No me malinterpretes. Yo también quiero encontrar a Jake, pero no estaría aquí si no fueras su prometida.

Mallory se sintió morir.

—¿Qué más da quién sea yo?

—¿Cómo puedes decir eso? La prometida de mi hermano tiene derecho a saber si será su marido en el futuro.

No hizo falta que Mallory preguntara qué derechos tenía la hermana de la prometida de Jake. Sam se lo acababa de dejar muy claro: cero.

Mantuvo la boca cerrada y miró hacia la casa. Necesitaba que Sam encontrara a Jake. Él tenía acceso al despacho, la casa y los archivos de Jake. Se moría por contarle la verdad, pero no podía. El amor verdadero estaba en juego.

Capítulo seis

S am se preguntó si todas las vigilancias serían tan excitantes como aquella. Lo dudaba mucho.

Mallory y él habían dejado de hablar hacía diez minutos y estaba haciendo todo lo que podía para hacer ver que estaba vigilando la casa. Pero le interesaba mucho más la mujer que tenía al lado.

Daba igual cómo se vistiera, con vaqueros, botas y jersey, como aquel día, o con disfraces, como en otras ocasiones. De cualquier manera, le parecía adivinar sus formas bajo la tela.

Madre mía. Qué horror. Debía pensar en otra cosa que no fuera la prometida de su hermano. Por ejemplo, en el catamarán que lo esperaba en Florida. Al hacerlo, se imaginó a Mallory en la cabina, con un diminuto biquini, haciéndole señas con el dedo para que lo acompañara a la cama, donde...

Unos golpes en la ventanilla lo sacaron de sus fantasías eróticas. Era Ida Lee.

—¿Qué está haciendo aquí?

—Me estaba aburriendo. ¿Qué esperaba que hiciera, quedarme en la oficina mientras la dama y usted se lo pasan pipa?

—Eso es exactamente lo que suelen hacer las secretarias —apuntó Sam.

—Ya, bueno, pero yo no soy una secretaria normal. He estado pensando que debería ascenderme a ayudante ejecutivo. Algo así como multiusos.

—Bien dicho —la animó Mallory—. Una mujer no consigue nada si no lo pide.

—Pero si ni siquiera sabemos si Jake la quiere como secretaria —protestó Sam. De nada le sirvió.

Ida Lee se metió en el asiento de atrás y se colocó entre los dos asientos, asomando la cabeza entre Sam y Mallory.

—Pónganme al tanto de lo que ha ocurrido —ordenó.

—No ha ocurrido nada —contestó Mallory—. Llevamos aquí un rato vigilando al padre O'Brien.

—¿Están espiando a un cura? —preguntó Ida Lee tapándose la boca.

—En realidad, no es cura. Es asesor. Seguro que lo conoce. Andy O'Brien. Tiene una columna en el Times.

—¡No me lo puedo creer! —exclamó la mujer—. Le escribí una vez porque Edgar y yo tuvimos problemas. Edgar roncaba como un poseso y yo estaba de un humor de perros.

—¿Qué solución les dio?

—Dormir en camas separadas, en habitaciones separadas, tapones para los oídos, operaciones.

—¿Funcionó alguna?

—No lo sé. Fue más rápido librarme de Edgar.

Sam deseó poderse librarse de Ida Lee. Había muchas cosas que quería hacer y no podía. Como Mallory.

—Ahí está el padre Andy —anunció Mallory. Sam agradeció tener algo que lo distrajera.

Lo vio despedirse de alguien que estaba en el interior de la casa y cerrar la puerta antes de dirigirse a su coche.

Sam estaba tan concentrado mirándolo que apenas le dio tiempo de ver a Ida Lee salir del coche.

—Espere. ¿Adónde va?

—A pedirle un autógrafo.

—No puede hacerlo —gritó Mallory—. Lo estamos vigilando.

—Tonterías —contestó la mujer—. Una oportunidad así solo se tiene una vez en la vida.

Sam intentó agarrarla, pero lo único que consiguió fue quedarse con la bufanda de Ida Lee en la mano.

—Alguien le debería decir que hay que ser

discreto mientras se vigila a un sospechoso —murmuró Mallory viendo cómo Ida Lee sacaba de su bolso un cuaderno y un boli.

Habló animadamente con el padre Andy unos minutos, seguramente sobre el abandonado Edgar, antes de que el asesor se montara en su coche y se alejara. Momentos después, Ida Lee les hizo una seña dándoles a entender que el camino estaba libre y Mallory y Sam salieron del coche y cruzaron la calle.

—No soy detective, pero no creo que ir por ahí pidiendo autógrafos a personas bajo vigilancia —comentó Sam al llegar junto a ella.

—Ni se ha dado cuenta de su presencia.

—¿No? ¿Ni cuando ha salido usted del coche corriendo? —preguntó Mallory.

—Venga —dijo Ida Lee no haciéndolos ni caso y subiendo las escaleras del porche demasiado deprisa para tener ochenta y tantos años. En un abrir y cerrar de ojos, estaba tocando el timbre—. Tenemos que encontrar a Jake, ¿no?

—No le digas nada —le dijo Mallory a Sam en voz baja—. Vamos a intentar distraerla.

—Demasiado tarde —contestó Sam viendo que habían abierto la puerta. Le puso la mano en la espalda a Mallory, como excusa para hacerla pasar.

—¿Qué es ese ruido? —preguntó ella nada más entrar.

Niños, muchos niños, había niños por todas partes. Pequeños y mayores, pintando y viendo un documental.

—Vaya —exclamó Ida Lee—. Esto es como estar en el País de Gulliver.

Una mujer con el pelo canoso se aproximó a ellos con una gran sonrisa.

—Buenos días —dijo con acento australiano—. Bienvenidos a nuestra guardería. Si vienen a recoger a uno de los niños, espero que no hayan olvidado la autorización.

—No, no venimos a recoger a Buddy, solo a verlo —contestó Ida Lee.

—No tenemos ningún Buddy.

—Bueno, Buddy solo lo llamo yo, su abuela —se apresuró a decir la mujer—. Es aquel de allí —añadió señalando a un muchacho de unos cinco años.

—Ah, de Jerry. Muy bien, voy a buscarlo —dijo la australiana alejándose.

—Pero, ¿qué está haciendo? —dijo Sam.

—Ganarme su confianza para que confíe en nosotros. Los detectives privados lo hacen constantemente. Si cree que somos parientes de Jerry, se abrirá a nosotros.

—Pero no somos parientes de Jerry —dijo Sam.

—No, pero eso ella no lo sabe.

La directora del centro llegó acompañada del pequeño.

—Tu abuelita ha venido a verte, Jerry —le dijo señalando a Ida Lee.

El niño la miró, abrió la boca y gritó con fuerza antes de salir disparado en la dirección contraria.

—Eso me pasa por obligarlo a comer coles de Bruselas y frijoles para cenar —comentó Ida Lee.

—Hagan el favor de marcharse ahora mismo si no quieren que llame a la policía —les indicó la directora.

Sam pensó en el enorme agente que les había puesto la multa y agarró a la secretaria del brazo.

—Vamos, Ida Lee. Será mejor que hagamos lo que nos dicen.

—Pero hace frío —protestó la mujer.

—Métase en el coche, enciende la calefacción y espéranos.

La mujer le sacó la lengua, pero obedeció y Sam volvió junto a Mallory.

—Ustedes dos también tienen que irse —les indicó la directora.

—Pero si nosotros no veníamos con esa señora —mintió Mallory.

—Claro, por eso la han llamado por su nombre.

—Bueno, es que se presentó mientras entrábamos, ¿verdad, Sam?

—Sí, sí —contestó Sam. La directora no parecía muy convencida—. No, no la habíamos visto nunca antes, se lo aseguro.

—Entonces, ¿a qué han venido?

—Estamos buscando a una persona —contestó Mallory—. No es un niño sino un adulto.

—¿Y quién es ese adulto?

—Mi hermano —contestó Sam—. Jake Creighton.

—Oh —exclamó la mujer—. El padre Andy vino a decirme que, tal vez ustedes dos aparecieran por aquí, pero no creí que fueran a ser tan rápidos. A su hermano le costó más tiempo encontrarme.

—¿Quiere decir que Jake ha estado aquí?

—Sí —contestó mirándolos como pensando cuánto más debía contarles—. Será mejor que pasemos a mi despacho.

El despacho resultó ser como una exposición de fotografía. Había fotos de niños en todas las paredes. Muchas eran recientes, pero también las había en blanco y negro y con los bordes amarillentos por el tiempo. Sam las miró. La mayoría eran de bebés.

—Estos bebés son una monada, pero no he visto bebés en la guardería. ¿Están en otra zona del centro? —preguntó Mallory.

—No, esta guardería ya no admite bebés. Esas fotos son de hace mucho tiempo, de cuando era centro para madres solteras.

Sam frunció el ceño. Sospechaba que aquella historia del centro tenía algo que ver con Jake.

—¿Trabajaba usted entonces aquí?

—Empecé a trabajar aquí hace treinta años, nada más llegar de Australia. Las cosas han cambiado, pero siempre me ha gustado trabajar con los más pequeños —contestó—. Supongo que me va a decir por qué está siguiendo a su hermano.

—Solo queremos encontrarlo. Eso es todo —contestó Sam pensando que la única solución para no cometer una locura con Mallory era encontrarlo cuanto antes—. Ha desaparecido sin decirnos adónde se iba.

—Me temo que en eso no voy a poder ayudarlos. A mí tampoco me lo ha dicho.

Sam oyó suspirar a Mallory. Aquello le partió el corazón. No podía permitir que aquella pista no les condujera a su hermano, después de los esfuerzos que había hecho Mallory.

—Por favor, no diga que no nos puede decir nada por ética profesional.

Para su sorpresa, la mujer se rio.

—No soy el padre Andy y Jake no es responsabilidad mía. La ética profesional no tiene nada que ver con esto.

—Entonces, ¿de qué hablaron? —preguntó Mallory.

—De niños. Me preguntó todo lo imaginable sobre los niños.

—¿Había algo en particular que quisiera saber? —preguntó Sam.

—Me preguntó sobre todo por los bebés. Le interesaba mucho saber qué había sido de ellos.

Al parar el coche delante de la empresa de Lenora, lo primero que Sam vio fue que en el cartel no figuraba el nombre de Mallory y lo segundo que era porque era demasiado pequeño.

El tamaño daba igual. Lo peor era dónde estaba la empresa, situada al noroeste de Filadelfia. Tan mal como el lugar que había elegido su hermano para Jake Creighton Investigations.

La mejor manera de conseguir clientes era tener el despacho en una zona muy concurrida o anunciarse en esas zonas.

Ni Jake ni Mallory y su hermana cumplían esa condición básica.

Sin embargo, Sam pensó que no era el mejor momento para comentárselo a Mallory. Durante el camino de vuelta desde la guardería, había estado callada. A Sam le gustaba el silencio, pero echó de menos su alegre conversación.

La acompañó a la puerta incapaz de no tocarla aunque fuera poniendo brevemente su mano en el brazo de Mallory.

Ella se dio la vuelta y Sam vio que sus ojos estaban más verdes que nunca. Aunque estaba mirándolo a él, obviamente su mente estaba con Jake, como de costumbre.

—Me duele la cabeza de pensar tanto —le dijo ella—, pero sigo sin encontrarle sentido a por qué Jake fue a esa guardería.

Sam también le había estado dando vueltas y tenía una teoría, pero no quería compartirla. Sin embargo, al ver la tristeza de sus ojos, cambió de opinión.

—¿Te ha hablado Jake alguna vez de lo que piensa sobre tener hijos? —le preguntó. Mallory negó con la cabeza. Sam se sorprendió porque pensaba que una pareja que iba a casarse habría hablado antes de ese tema. Mallory, como su prometida, debería saber que a Jake le encantaban los críos y que quería tener muchos—. Me parece que Jake está haciendo una investigación personal sobre lo que significa casarse —añadió. Lo siguiente que tenía que decir ya le costaba más—. Creo que el hecho de que haya visitado al padre Andy y esa guardería son buenas señales.

—¿Ah, sí?

—Sí. El padre Andy es un asesor prematrimonial, ¿no? Tal vez le indicara que fuera a esa guardería para que viera lo gratificante que era ser padre.

—¿De verdad lo crees?

Solo era una teoría, pero vio tantas esperanzas en sus ojos que no podía defraudarla aunque él quisiera que la teoría no fuera cierta.

—Sí. No me sorprendería que Jake apareciera uno de estos días y te pidiera de rodillas que lo perdonaras.

—¿De verdad?

—De verdad —contestó él tragando saliva y rezando para no verlo.

Mallory lo miró ilusionada. Si Jake aparecía y le pedía perdón a Lenora ella podría contarle a Sam la verdad.

—Gracias —murmuró poniéndose de puntillas para darle un beso en la mejilla. Mallory sintió que el cuerpo de Sam se tensaba, como le solía pasar a ella cuando lo tenía cerca, y supo que la espiral de sexo que había entre ellos estaba a punto de explotar.

Se apresuró a dar un paso atrás y vio sus ojos, llenos de pasión. Repitió mentalmente su mantra: «No tocarás al hermano de tu falso prometido». Se dio la vuelta antes de hacer algo de lo que pudiera arrepentirse y se metió en su casa.

Cerró la puerta y se apoyó en ella rezando para que la perdonara cuando le confesara que había estado engañándolo.

Sin embargo, no quería pensar en ello en aquellos momentos, cuando su misión para que Jake y su hermana volvieran a estar juntos estaba a un paso de ser todo un éxito.

Vio que la luz del contestador estaba parpadeando, pero subió las escaleras de dos en dos. Le interesaban mucho más los mensajes que pudiera haber en el teléfono del cuarto de Lenora.

Vio que esa luz también parpadeaba y fue hacia el aparato con la esperanza de que Jake hubiera llamado a su hermana. Mallory dio al botón sin pensárselo. A la porra la intimidad cuando lo que estaba en juego era el amor. Aguantó la respiración rezando para oír la voz de Jake.

—Hola, preciosa. Soy Sheldon Burns.

¡Sheldon el Vago! Mallory se tapó la boca horrorizada. Lenora había salido con él antes de salir con el Geco. Era un tipo que no tenía oficio ni beneficio y que vivía de sus padres.

—¿Por qué no me llamas? Mi número es el...

Mallory borró el mensaje antes de que

el vago aquel tuviera tiempo de decir el número. Fue un acto de bondad. Su hermana estaba tan mal que podría cometer una locura, como salir con él de nuevo.

Pero allí estaba ella para impedir que aquello sucediera. Jake era el hombre perfecto para Lenora, sobre todo porque parecía que estaba entrando en razón. La aventura con Patty Peaks parecía haber pasado a la historia y estaba considerando el matrimonio y la familia. Eso había dicho Sam.

Se quedó pensativa. Aunque no hubiera mensajes de Jake, tal vez hubiera hablado con Lenora. Cuando su hermana tenía problemas, siempre iba a casa de sus padres. Quizá, Jake lo supiera.

Un minuto después, Mallory estaba hablando con su madre.

—Dime cariño. No, no, estamos viendo I love Lucy en la tele.

—Pásame a Lenora.

Su madre se rio tan estrepitosamente que Mallory tuvo que apartarse el auricular del oído.

—Esa Lucy es tan divertida —dijo su madre riéndose todavía—. ¿Qué decías, cielo?

—Que si está Lenora por ahí.

—No, estuvo aquí, pero se ha ido a la casa de Hilton Head.

—¿Con Jake? —preguntó esperanzada.

—No, claro que no. Si está tan mal es precisamente por su culpa.

—¿Se ha ido sola?

—No, con un amigo —contestó su madre como hipnotizada por el televisor.

¿Un amigo? Lenora se puso a pensar a toda velocidad.

—¿Qué amigo?

—No me lo ha dicho —contestó su madre riéndose de nuevo—. Tengo que dejarte. En este episodio, Lucy y Ethel están haciendo bizcochos. Lo he visto veinte veces, pero no deja de hacerme gracia..

Mallory colgó y se puso a pensar con quién se podía haber ido su hermana. Desgraciadamente, había dos posibilidades. Sheldon Burns o DelGreco.

Como había borrado el número de Sheldon, tuvo que buscarlo en el listín que su hermana tenía en la mesilla de noche.

—¿Lenora? ¿Eres Lenora? Vaya, muñeca, no creía que fueras a llamarme. Eres la primera.

—¿No has hablado con ella, entonces? —preguntó Mallory.

—Bueno, estoy hablando contigo ahora.

—No soy Lenora. Soy Mallory.

—¿Mallory? Mira, iba a intentar contigo lo siguiente.

—¿Para qué?

—Sé que no nos hemos visto nunca, pero quizá podrías prestarme cien pavos.

—Voy a hacer algo mejor, Sheldon —dijo ella de lo más dulce—. Voy a mandarte la sección de empleo del periódico.

—Mallory, no...

Le colgó antes de que siguiera suplicando. ¿De dónde sacaba su hermana a semejantes pringados? Bueno, al menos, Lenora no estaba en Hilton Head con Sheldon. Desgraciadamente, todavía quedaba Vince.

Se armó de valor y buscó su número. Le saltó el contestador con instrucciones para llamarlo a un móvil.

—Por favor, que no esté en Hilton Head —rogó.

Vince contestó a la primera y era obvio que estaba en un coche porque se oía música de fondo y el ruido del tráfico.

—Aquí disco DelGreco en el aire.

—Vince, soy Mallory Jamison. ¿Puedo hablar con Lenora?

—¿Lenora? ¿Por qué crees que está conmigo?

—Porque me dijo que iba a llamarte... —contestó aliviada—. ¿No está contigo, entonces?

—No.

Muy bien.

—¿Has hablado con ella últimamente?

—Llevo un año sin hablar con ella.

—Bien, menos mal —comentó sin poder contenerse—. Perdona por molestarte.

—Eh, espera, preciosa —dijo Vince—. ¿Lenora te ha hablado de mí?

Oh, no.

—Solo de pasada. Nada más.

—¿Así que piensa en mí?

—Yo no he dicho eso.

—Ni falta que hace. No hablaría de mí si no siguiera pensando en mí. ¿Qué ha pasado con su boda? ¿Ha dejado a ese Creighton?

—No, no —contestó Mallory intentando controlar el pánico—. Sigue con sus planes de boda. De hecho, ahora más que nunca.

—No te creo, pequeña. Tú y yo no congeniamos muy bien, pero cuando vuelva a salir con tu hermana, te llevaré a bailar y ya verás qué bien.

Puaj.

—Lenora no quiere volver a salir contigo.

—Eso no lo sabremos si no la llamo, ¿no?

—No, no —dijo Mallory sin poder controlarse más—. No la llames.

—Vaya, me encanta esta canción —dijo Vince cantando.

—No vas a llamarla, ¿verdad?

—¿Por qué no?

—Porque no está en casa —contestó

Mallory desesperada.

—Bueno, ya volverá. Gracias por la información. Sabía que seguía gustándole.

—Vince, espera...

—Tengo que dejarte, bonita. La música me llama. Aquí Disco DelGreco despidiéndose.

Mallory bajó a la oficina minutos después pensando que, aunque su madre le había dicho que se iba con alguien, su hermana debía haberse ido sola al final. Gracias a ella, Sheldon el Vago iba a llamarla para pedirle dinero prestado y DelGreco el Geco para pedirle salir.

Tenía que encontrar a Jake. Rápido.

Iba a salir de casa cuando vio de nuevo la lucecita del contestador de la oficina. Decidió escuchar los mensajes. Para Lenora era una bendición cuando entraba trabajo.

Tenía dos mensajes de dos clientes que habían visto el anuncio que Sam le había aconsejado poner en la prensa.

Para Lenora, dos encargos en un mismo día era todo un éxito. Para Mallory, un dolor de cabeza. Solo sabía vagamente quiénes eran Zippy y Peppermint Patty, los dos personajes que le pedían, pero sabía a quién podía pedirle ayuda. Qué coincidencia que fuera la misma persona que iba a ayudarla a poner en marcha el plan que acababa de urdir para encontrar a Jake.

Decidió llamar a los clientes e ir a ver a Sam.

Una vocecita interior le dijo que sería mejor no acercarse a Sam hasta que apareciera Jake.

—Cállate —dijo descolgando el teléfono para hacer la primera llamada.

Cuanto antes lidiara con los asuntos de trabajo, antes podría ir a ver a Sam.

Capítulo siete

E stás segura de que esto va a funcionar? —preguntó Sam mirando a Mallory con desconfianza.

Estaban en casa de Jake. Todo estaba tan organizado que Mallory solo había tardado unos segundos en encontrar los recibos de la tarjeta de crédito de su hermano. Sam tenía uno en la mano y estaba mirando el número.

—Segura. Solo tienes que llamar y hacerte pasar por Jake.

Sam sacudió la cabeza. No le gustaba fingir que era su hermano. Aquello de ser detective privado no era para él, pero le había prometido a Mallory que encontraría a su hermano.

Además, Sam se estaba empezando a preocupar en serio. Jake le había dicho que volvería a llamarlo y no lo había hecho. No era que Sam conociera a su hermano a las mil maravillas, pero sí lo suficiente como para saber que Jake solía hacer lo que decía.

Iba a darle un capón cuando lo encontrara por el mal trago que le estaba haciendo pasar a Mallory, pero quería encontrarlo sano y salvo.

—Muy bien, lo haré, pero dudo mucho que le den esa información a cualquiera.

—Tú no eres cualquiera. Sabes el número de cuenta y el apellido de soltera de tu madre —contestó Mallory dándole el teléfono—. Marca.

Así lo hizo. Ella no dejó de mirarlo mientras hablaba por teléfono. La veía tan esperanzada que quería que todo saliera bien.

—Tenías razón —le dijo al colgar—. Me han pedido los últimos cuatro número de la cuenta y el apellido de mi madre. Vía libre.

Mallory le puso la mano en el brazo. El contacto lo excitó y vio que sus ojos también brillaban de forma especial, pero no era por lo mismo. Era porque estaban cada vez más cerca de su hermano.

—No te quedes ahí —dijo Mallory. Sam pensó que, si no lo hacía, estaría besándola en pocos segundos—. Vamos, cuéntame lo que te han dicho. ¿Ha pagado algo con tarjeta hace poco?

Sam asintió dándose cuenta de que su autocontrol tenía un límite. Si no se apartaba de ella, no iba a poder responder de sus actos.

—Ayer por la noche —contestó dando dos pasos atrás—. Una habitación para dos noches en el hotel Llegas y te vas de Scranton.

—¿Scranton? —repitió Mallory tan sorprendida como él. La ciudad estaba a unos horas al norte de Filadelfia y no era un lugar de vacaciones—. ¿Para qué habrá ido allí?

—Solo hay una forma de saberlo —dijo Sam marcando el número de información.

—¿A quién llamas?

—A la Llegas y te Vas —contestó él.

Mallory cruzó la habitación rápidamente y le arrebató el aparato. Al hacerlo, sus manos se rozaron y se produjo una descarga eléctrica que afectó a ambos. Los dos eran conscientes de la atracción que existía entre ellos. Ay, madre.

—No debes llamar ahí —dijo ella colgando—. Si Jake se entera de que le seguimos los pasos, se irá.

—¿Y, entonces, qué hacemos?

—Podríamos estar en Scranton en un par de horas. Tenemos que ir allí y hablar con él.

—¿Hoy?

—Sí. Hay que actuar con rapidez antes de que las cosas empeoren.

Sam llevaba un cuarto de hora anonadado por aquel jersey amarillo que le marcaba el pecho y con los puños apretados para no tocarle aquel pelo tan sensual que le caía sobre los hombros.

Y, para colmo, le decía que iban a pasarse dos o tres horas juntos metidos en un coche. Desde luego, las cosas no podían ir peor.

Efectivamente. Para cuando, varios cientos de kilómetros después, avistaron la Llegas y te Vas, Sam se moría por salir del coche.

No le importó que el lugar fuera de lo más vulgar. Para él, era la salvación, el sitio que lo salvaba del demonio que había tenido sentado en el hombro las últimas dos horas.

El demonio no se dejaba distraer, ni siquiera por la conversación de cómo debería disfrazarse Mallory para sus dos próximos encargos. Eran dos personajes de lo menos sexy que se habían creado jamás. Daba igual. El demonio no se había rendido.

Sam paró el coche y salió disparado sin darse cuenta de que la nieve solía solidificarse en hielo cuando la temperatura era de varios grados bajo cero.

Las piernas se le fueron hacia delante y su trasero se golpeó contra el suelo.

—Bien —se dijo a sí mismo—. Ya entiendo el mensaje. Tengo que tranquilizarme.

Mallory se apresuró a salir del coche y a ir a su lado.

—¿Estás bien? Dame la mano.

Sam se dijo que la vida era irónica. Había

salido del coche a toda velocidad para no tocarla y precisamente esa acción hacía que fuera ella la que lo tocaba a él. Se rindió y dejó que lo ayudara a levantarse. Le gustó tanto el tacto de su mano que, una vez de pie, no la soltó.

—A ver si te vas a caer tú ahora —dijo para disimular. Ella lo sonrió.

Momentos después, ambos entraban en el vestíbulo del hotel agarrados de la mano. Con ellos, también entró una fuerte ráfaga de viento que hizo que los papeles del mostrador de recepción salieran volando, así como el peluquín del recepcionista.

Sam miró al hombre y levantó las cejas indicándole que el peluquín colgaba de la palmera artificial que tenía detrás. El recepcionista imitó su gesto, pero miró hacia sus manos unidas.

—Entiendo. Quieren una habitación.

Sam soltó a Mallory. Eso era lo que pasaba por intentar ayudar. Una de las muchas razones por las que prefería no meterse en los asuntos de los demás.

—Perdone, pero se le ha caído el peluquín —dijo Mallory.

—¿Otra vez? —dijo el hombre tocándose la cabeza—. Este viento va a acabar conmigo.

Mallory le bajó la rama de la palmera y el

hombre agarró el peluquín y se lo colocó. Al revés. Sam lo habría dejado así, pero...

—Se lo ha puesto al revés —dijo Mallory—. ¿Me permite?

—Claro —contestó el hombre bajando la cabeza para que Mallory se lo colocara bien.

—Ese color no le va mucho, ¿sabe?

—¿No? —dijo el hombre tocándose la cabeza.

—Es demasiado negro. Quizá debería intentar algo más tirando a tono ceniza.

Sam carraspeó. Conocía lo suficiente a Mallory como para no sorprenderse de que estuviera dando consejos a un desconocido sobre peluquines, pero eso no quería decir que le pareciera bien.

—Queríamos que nos ayudara —dijo Sam mirándolo con expresión seria.

—Claro —dijo el recepcionista irguiéndose. Parecía una mascota de peluche que hubiera sufrido una descarga eléctrica. Si él le hubiera dado un consejo, habría sido que no se pusiera ningún peluquín—. Quieren una habitación, ¿verdad?

—No, más bien el número de una habitación —contestó Mallory—. Estamos buscando a mi prometido.

—¿A su prometido? —repitió el hombre descompuesto—. ¿Y este quién es?

—Sam es el hermano de mi prometido

—contestó ella.

—Bueno, me da igual —dijo el recepcionista levantando las cejas. Sam se preguntó por qué se molestaba ella en dar explicaciones—. La verdad es que, aunque fueran ustedes de Gran Hermano no les podría dar el número de habitación de un cliente.

—Pero le puede usted llamar, ¿verdad? —dijo Mallory con una sonrisa tan radiante que Sam pensó que ningún hombre podría negarse. Él, desde luego, no—. Mi prometido se llama Jake Creighton.

—Un momento —dijo el hombre tecleando en el ordenador—. Lo siento, pero el señor Creighton se fue esta mañana.

—¿Esta mañana? Pero si tenía una habitación pagada para dos noches —dijo Mallory.

El recepcionista se encogió de hombros.

—Pues debió cambiar de opinión. ¿Por qué cree que este sitio se llama Llegas y te Vas?

Mallory se tragó la decepción. Estaba tan segura de que estaban a punto de encontrar a Jake y de arreglar todo aquel follón que había armado con su vida y la de su hermana... Por no hablar de la suya.

—¿Nos podría decir si tenía una habitación individual o una doble? —preguntó Sam. Mallory lo miró sorprendida. No había pensado que Jake pudiera estar con alguien.

—Nuestras habitaciones individuales cuestan lo mismo que las dobles, pero, según el ordenador, parece que viajaba solo.

—¿No lo acompañaba ninguna mujer? —preguntó Sam. Mallory se dio cuenta de que Sam temía que su hermano fuera con Patty. Era ridículo. Una cosa era una aventura de una noche y otra una relación. Jake quería a Lenora. Además, llevaban días buscando a Jake y no habían vuelto a tener señales de que estuviera con Patty. El hecho de que ella no hubiera vuelto a La Casa de los Siete Velos no quería decir que estuviera con Jake.

—¿Sabe usted cuánta gente pasa por aquí? ¿Cómo iba a acordarme de si iba una mujer con él? Si no me acuerdo ni del hombre.

—Gracias —dijo Mallory sonriendo. Les había dicho que, según el ordenador, Jake estaba solo y eso era suficiente para ella. Tenía fe renovada en su futuro cuñado que, después de todo, estaba enamorado de su hermana. Se dio la vuelta muy alegre—. Sam, estás equivocado. El hecho de que Jake se fuera del local de strip-tease con una mujer que tiene las Rocosas dentro de la blusa no quiere decir que se la trajera a Scranton.

—Un momento —dijo el recepcionista cuando estaba casi en la puerta—. ¿Ha dicho las Rocosas? —Mallory asintió descorazonada—. Las he visto. Quiero decir, la he visto.

—Pero si acaba de decirnos que no se acuerda de todo el mundo que viene al hotel —protestó Mallory.

—De todo el mundo, no, pero, de vez en cuando, algo me llama la atención en alguien.

—Por ejemplo, un par de montañas Rocosas —apuntó Sam.

El hombre asintió.

Mallory cerró los ojos y se sintió invadida por la decepción.

La terrible verdad era que Jake se había fugado con una bailarina de strip-tease.

Mallory no dejó de mirar por el parabrisas mientras Sam avanzaba lentamente por la autopista, pero no veía los copos de nieve porque estaba demasiado obnubilada intentando encajar las piezas de aquel rompecabezas.

¿Qué relación tenía la visita al padre Andy y a la guardería con Patty Peaks? ¿Era posible que se hubiera planteado la posibilidad de tener una familia, como había dicho Sam, pero hubiera decidido fugarse finalmente con otra mujer?

Frunció el ceño intentando asimilar la información que les acababan de dar. Sabía que Jake era un buen tipo, un hombre responsable y trabajador, que complementaba a la perfección a su hermana.

Dejando a un lado a Romeo y a Julieta, nunca había visto a dos personas tan enamoradas. Eran maestros de las miradas largas, estaban todo el día agarrados de la mano e incluso terminaban las frases del otro. El amor emanaba de ellos como el olor a canela y crema de una pastelería.

Nunca habría pensado que Jake fuera capaz de hacer algo tan irresponsable como seguir a una bailarina de strip-tease por toda Pensilvania. Por cómo miraba a Lenora, habría dicho que ni siquiera veía a las demás mujeres.

Frunció el ceño. A menos que...

—Fobia al compromiso —dijo en voz alta.

—¿Cómo?

Estaba nevando tanto que el mundo que tenían ante ellos parecía una gran manta blanca. Sam había puesto los limpiaparabrisas a toda velocidad, pero los copos de nieve caían todavía más deprisa.

—Creo que Jake padece fobia al compromiso. El otro día estuve viendo un reportaje y...

—Creía que me habías dicho que lo tuyo era la literatura y no la televisión basura.

—No era basura. Era un reportaje interesante y los síntomas que explicaban son los de Jake —dijo estremeciéndose—. ¿Te importaría poner la calefacción?

—Hace más frío que en el corazón de mi hermano —comentó Sam inclinándose para ponerla.

Mallory no hizo caso, pero pensó que era un detalle por su parte acudir en su defensa. Claro, él no sabía que a la que estaba engañando Jake era a Lenora. Él creía que su hermano la estaba engañando a ella.

—Recomendaban tratar el problema con terapia de exposición.

—Es una pena que no esté aquí para ponerlo bajo la nieve a ver si daba resultado.

—No exposición a los elementos sino a lo que teme el afectado.

—Que en este caso sería...

—Le... —comenzó Mallory yendo a decir el nombre de su hermana—. El amor —dijo—. Tenemos que encontrar a Jake, ponerlo delante de su persona amada y, así, volverá a entrar en razón.

Sam suspiró profundamente y Mallory se dio cuenta de que estaba contando hasta diez antes de hablar.

—¿Esto quiere decir que no crees simplemente que es un canalla?

—Claro que no —contestó ella bajando

la voz—. Nunca le he contado esto a nadie, pero me dan miedo las ardillas.

—¿Qué?

—Sí. ¿Has visto a alguna de cerca? Tienen ojos saltones y bigotes que no paran de moverse. Se meten en los nidos de los pájaros. Son ratas con pelo. Sé que no van a hacerme nada, que son animales pequeños, pero me muero de miedo si se acercan a mí.

—¿Y esto qué tiene que ver con Jake?

—Él reacciona exactamente igual ante el compromiso. Es un miedo irracional. Por eso se ha ido con la Patty esa.

—Que te ha quitado a tu hombre.

—Que me lo está intentando quitar, pero él volverá conmigo —dijo Mallory. Por Lenora.

Con esa convicción, Mallory volvió a fijarse en la carretera. Cada vez nevaba más y no se veía nada. Sam iba a veinte por hora con las luces de emergencia puestas.

—Ha sido tan rápido que supongo que las máquinas quitanieves van a tardar un rato en poder quitar la nieve —dijo Sam mirándola—. Dirás que tengo fobia a la ventisca, pero si no paramos en algún sitio, me parece que nos vamos a quedar tirados.

—¿Por qué te sales aquí? No hay nada.

—Hace un par de kilómetros decía que había un hotel en lo alto de esa colina.

Una vez fuera de la autopista, lo único que veían en la noche era lo que alumbraba los faros del coche. Mallory miró la estrecha carretera que serpenteaba ante ellos.

—¿Estás seguro de que está ahí arriba?

—Eso espero.

Mallory creyó que iba a ser presa del pánico de un momento a otro porque el coche no podría seguir avanzando mucho más y, si no encontraban el hotel, podrían morir congelados. Sin embargo, Sam la sonrió tan dulcemente que, en vez de pánico, sintió una gran tranquilidad. De hecho, incluso se le pasó por la cabeza que el calor corporal sería una buena arma para luchar contra el frío.

El pánico llegó cuando vio el cartel del hotel.

Habitaciones para enamorados.

Estupendo. Lo que le faltaba. No era suficiente con estar atrapada en mitad de una tormenta con un hombre de lo más sensual a quien no podía tocar.

Un nidito de amor.

Capítulo ocho

Quince minutos después, tras haber convencido a Sam de que ella corría con los gastos, Mallory y Sam estaban siguiendo a un empleado del hotel por un extravagante pasillo adornado en tonos dorados y papel rojo y oro en las paredes. Sobre todas las puertas había un pequeño cupido con el arco listo para disparar.

—¿No tienen ustedes equipaje? —preguntó el hombre. Era tan delgado que Mallory pensó que parecía un tomate anoréxico, todo vestido de rojo.

—No —contestó Sam.

—Estupendo —dijo mirándolos—. Nuestros huéspedes no necesitan mucho equipaje aquí.

No les dio tiempo a contestar porque el hombre aceleró el paso, tal y como había pasado al entrar. Todavía nos les había dado tiempo de asimilar el desorbitante precio de la habitación cuando había aparecido aquel hombre y les había ordenado que lo siguieran.

—¿Cuál me ha dicho que era su cargo? —preguntó Mallory alzando la voz para que la oyera.

—Soy Beau, su mayordomo de luna de miel —contestó el hombre como si no estuviera muy orgulloso.

Mallory aceleró el paso alarmada porque se creyera que eran recién casados. No se había dado cuenta de que Beau se había parado y se habría estampado contra él si Sam no la hubiera agarrado de la cintura y la hubiera apretado contra su cuerpo.

Mallory sintió que el deseo se apoderaba de ella. Prefirió no girar la cabeza hacia Sam por temor a tirarse encima de él.

—Nosotros no estamos de luna de miel.

El mayordomo enarcó una ceja tan delgada como el resto de su cuerpo.

—No es la primera vez que alguien ocupa una de nuestras habitaciones haciéndose pasar por recién casados y tampoco será la última, pero ¿qué quieren que haga? No voy a echarlos con la tormenta que está cayendo.

Abrió la puerta, que estaba pintada de dorado, y pasó bajo Cupido. Al entrar, hizo una reverencia con el brazo.

—Monsieur y mademoiselle —anunció remarcando su estado civil de no casados—. Esta es su habitación.

Mallory nunca había visto una habitación así. Las paredes eran doradas y de ellas colgaban retratos enmarcados en terciopelo negro de famosos amantes como Romeo y Julieta, Cleopatra y Marco Antonio, la Dama y el Vagabundo. El mobiliario era estilo francés, la chimenea estaba encendida y la alfombra era tan alta que los tacones de sus botas apenas se veían.

Beau cruzó la estancia y abrió una puerta que daba al baño, que era digno de un sultán y en cuyo centro había una bañera con forma de corazón.

Para terminar, fue hacia la plataforma que había en el centro de la habitación, sobre la que había una cama enorme también con forma de corazón y cubierta por una colcha roja. A los pies de la cama había una estatua de Cupido de casi un metro. El pequeño desnudo apuntaba sus flechas directas a las almohadas.

Era como si hubieran contratado a un payaso para diseñar un palacio destinado a la seducción.

—Me temo que ha habido un error —dijo Mallory asustada. Oyó reírse a Sam y no quiso ni mirarlo—. Esto parece una suite nupcial.

—Eso es exactamente lo que es. Nuestro hotel es solo para parejas de recién casados —contestó Beau mirándolos con desagrado—. Claro que también hay quienes se hacen pasar por casados.

—¿Me está diciendo que todas las suites son así?

—Tenemos otras con temática romana, pero esas hay que reservarlas con meses de antelación. El hedonismo está muy de moda.

—No he dicho nada. Esta está bien —dijo Mallory controlándose para no reírse—. ¿Dónde está la otra cama?

Beau la miró con una ceja enarcada.

—Según nuestra extensa experiencia, los recién casados prefieran dormir en la misma cama.

—Bueno, pues súbanos una cama plegable.

—¿Está usted de broma, señorita? No tenemos.

Sam le tocó el brazo y Mallory sintió un escalofrío por todo el cuerpo, pero lo atribuyó al frío que había pasado fuera. Sam era el hombre más guapo del mundo, pero no había manera de que la pasión surgiera en una habitación tan ridícula.

—¿Por qué no duermo yo en otra habitación? —sugirió Sam.

—¡No! —exclamó—. No puedo pagar dos habitaciones.

—Pero yo, sí.

—Sí, pero yo soy la clienta, así que yo corro con los gastos —contestó mirando a su alrededor. Nunca pasaría nada en aquella habitación—. Somos adultos. Nos las arreglaremos.

Una vez que Beau se hubo ido, Sam se paseó por la habitación. Sobre una mesa, vio unas cuantas figuritas desnudas en actitudes provocativas. Agarró una y se imaginó a Mallory sin ropa. Rápidamente, intentó apartar aquello de su mente.

—Todavía estamos a tiempo de que yo me vaya a otra habitación —sugirió.

—No, ya te he dicho que yo pago y no puede ser. Esta habitación es suficientemente grande para los dos —contestó ella agarrando dos camisetas que había sobre una mesa. Una de ellas tenía dos corazones y la otra un eslogan que decía: «Sienta el calor de nuestras habitaciones».

No podía ser más tonto, pero ambos se miraron con pasión. A Sam le pareció que el fuego que estaba dibujado en la camiseta se había apoderado de su interior.

—Al menos, ya sé con qué voy a dormir —comentó Mallory yéndose rápidamente al baño—. Voy a darme un baño.

Sam se imaginó a Mallory desnudándose para meterse en la bañera. Cerró los ojos y deseó poder controlar su cuerpo, pero tenía una erección tan fuerte que casi le dolía. ¿Qué le estaba sucediendo?

Pocos días antes se habría reído solo de pensar en una bañera en forma de corazón, pero resultaba que en aquellos momentos, al pensar en una mujer metiéndose en ella, se había excitado. No era cualquier mujer sino Mallory, la del gran corazón. Tenía que quitárselo de la cabeza, así que marcó el número de teléfono de casa de su hermano.

Como suponía, le saltó el contestador. Luego, llamó a la oficina.

—¿Zi? —contestó un niño.

—No es Jake Creighton Investigations, ¿verdad?

—¿Jake qué?

—No, yo soy Sam.

—¿Sam qué?

—Nada, no importa —dijo disponiéndose a colgar. En ese momento, oyó un ruido como si alguien le quitara el teléfono al pequeño.

—Jake Creighton Investigations —dijo Ida Lee. Justo lo que necesitaba. Una anciana era lo mejor para apartar de su mente aquellas imágenes seductoras.

—Ida Lee, soy Sam. ¿Quién ha contestado el teléfono?

—Mi nieto, Bubba.

—¿Se ha llevado al niño a la oficina?

—¿Está usted loco? Con lo peligrosa que es esa zona. No, he desviado las llamadas a mi casa.

—¿Ha llamado alguien?

—No se lo va a creer, pero sí. Una mujer a quien Annie le habló de nosotros y un hombre recomendado por Womaniac.

Estupendo. Justo lo que necesitaba. Dos casos más cuando no podía hacerse cargo del que tenía entre manos.

—Bien, llámelos mañana a primera hora para concertar una cita —le indicó a su pesar porque quería que el negocio de su hermano fuera bien.

—Bien. ¿Dónde está usted? He intentado llamarlo al móvil, pero está apagado.

—Seguramente, no tendremos cobertura aquí.

—¿Con quién está? —Sam suspiró y le relató lo ocurrido—. ¿Está con la novia de su hermano? Lo está engañando, ¿verdad? Ya se lo dije. En los libros que leo pasa constantemente.

—No está engañando a Jake. Estoy con ella, pero no estoy con ella —dijo sin obtener respuesta—. Bueno, vamos a olvidarlo. Anote el número.

Colgó no sin antes tener que haber escuchado la advertencia de Ida Lee para que no se fiara de las damas que escondían secretos. Pero si Mallory no tenía secretos. Estaba enamorada de su hermano, tan enamorada que estaba dispuesta a creer que Jake tenía fobia al compromiso en lugar de aceptar lo que era en realidad.

Un bobo.

Su hermano no se merecía a Mallory, pero Sam había aprendido hacía mucho tiempo que la vida no era justa. Al ser el mayor, él tuvo que luchar contra su padre, un hombre muy dominante, para poder tener un poco de independencia. Al final, no había tenido más remedio que distanciarse de su familia. Jake se había quedado y había disfrutado de las victorias que a Sam tanto le había costado obtener.

Sam dejó de pensar en ello y se sentó en una butaca de lo más normal que había en un rincón.

De repente, la silla empezó a moverse. Una silla vibradora. Perfecto cuando estaba intentando no pensar en sexo.

Agarró la revista que había sobre la mesa. «Consejos calientes para recién casados». Se abanicó con el jersey. Él ya no podía acalorarse más.

Entonces, Mallory salió del baño. Se había puesto la camiseta más pequeña, que apenas le cubría el trasero y la palabra calor le quedaba justo sobre el pecho. Sam se quedó sin respiración.

—Te he dejado la grande a ti —le dijo.

—Mallory —dijo haciendo un gran esfuerzo para hablar.

—Dime.

—Eso que has dicho de que la habitación era suficientemente grande para los dos...

—¿Sí?

—Bueno, no creo que lo sea si no te pones tú la camiseta grande.

Ella se sonrojó y Sam sintió ganas de gemir. Se metió en el baño sin decir nada y volvió a aparecer con una camiseta que le quedaba como un saco. Pero el daño ya estaba hecho. La había visto con una camiseta que le marcaba el cuerpo y no podía quitárselo de la cabeza.

La vio cruzar la habitación y sentarse en el borde de la cama, el lugar más alejado de él.

—Es de agua —dijo Mallory poniéndose de rodillas y saltando en el centro de la cama. Al hacerlo, cayó de espaldas y se le levantó un poco la camiseta dejando al descubierto un trozo de muslo. Había espejos en el techo. Sam observó el movimiento de la cama bajo su cuerpo—. ¿A que es la habitación más cachonda que has visto en tu vida?

Desde luego. La habitación más cachonda, la camiseta más provocativa y la erección más innegable.

—Me voy a preparar para meterme en

la cama yo también —anunció él cerrando la puerta del baño. Se apoyó en ella una vez dentro y se quedó mirando la bañera. Aunque estaba vacía, podía imaginarse perfectamente a Mallory en ella, gloriosamente desnuda. ¿Cómo iba a hacer para no tocarla en toda la noche?

Cerró los ojos y luchó contra su conciencia. ¿Por qué no dejarse llevar por el deseo, que era mutuo? Después de todo, Jake estaba con otra mujer por ahí. Nadie podría echarle la culpa de nada a él. Suspiró. Nadie, excepto él mismo.

Aunque su hermano no se la mereciera, Mallory quería a Jake. Confiaba en él porque era su hermano. Solo un canalla se aprovecharía de una mujer en su situación. Abrió el grifo del agua fría y rezó para no descubrir que lo era.

Se metió en la bañera y vio que los tobillos se le estaban poniendo azules, pero, aun así, dudaba de que el baño fuera a calmarlo.

Rezó para que Mallory ya estuviera en la cama cuando él saliera, bien tapadita.

Pues no. Estaba sentada sobre la alfombra, delante de la chimenea y bebiendo champán. ¡Champán! El néctar de la seducción. Mallory le sirvió una copa y se la dio con una sonrisa. Sam sintió que se le tensaba el cuerpo.

—Beau ha traído una botella y he pensado que sería una pena desperdiciarla. También ha traído comida. Ostras con caviar y fresas con chocolate de postre. Escucha esto. Me ha dicho que siempre tienen ostras y fresas congeladas porque son afrodisíacas. ¿No te parece de lo más sugerente?

—Sí —contestó pensando que mejor no hablar de afrodisíacos. Ya lo estaba pasando suficientemente mal. El resplandor de las llamas arrancaba unos reflejos de su pelo que la hacían estar más guapa que de costumbre.

—Por que encontremos a Jake —dijo ella levantando su copa.

—Por que encontremos a Jake —repitió él brindando.

Las copas tenían unos dibujos. Eran dos muñequitos de corazones con ojos, boca y los brazos abiertos para abrazarse. Era una tontería, pero no con Mallory a su lado. Si unos dibujos lo encendían era que lo llevaba muy mal.

Estuvieron diez minutos comiendo en silencio. A Sam nunca le habían hecho especial gracia las ostras, pero ambos tenían hambre. No volvieron a hablar hasta que casi habían acabado con las fresas cubiertas de chocolate.

—Sam, ¿por qué Jake apenas habla de ti? —preguntó Mallory chupándose unas gotas de chocolate del labio—. Ni siquiera sabía que tuviera un hermano.

Su hermano. Exacto. Tal vez, si seguían hablando de Jake no se le olvidara por qué no debía quitarle el chocolate él con la lengua.

—No nos llevamos bien.

—¿Por qué?

Sam se encogió de hombros y se comió la última fresa.

—Yo me fui de casa a los dieciocho. Jake tenía cuatro años menos. Nunca nos llevamos bien y, después de eso, nos distanciamos todavía más.

—¿Te fuiste para ir a la universidad?

—No, me fui porque era mejor así y nunca volví.

—¿Por qué?

Sam dudó. No solía hablar de ello. Para su propia sorpresa, se encontró queriendo contárselo a Mallory.

—Me fui de casa para perder de vista a mi padre —contestó—. Él quería controlar mi vida y yo no estaba dispuesto.

—¿Qué quieres decir con eso de que te controlaba la vida?

—Lo controlaba todo. Cuando era pequeño, daba el visto bueno a mis amigos, mi ropa, la música que escuchaba o los deportes que practicaba. Todo. Las cosas fueron empeorando a medida que fui creciendo.

—Así que te rebelaste.

—Yo no lo veo como una rebelión. Quería trabajar. No dejé el colegio para tocar en un grupo de rock ni nada parecido. Aun así, mi padre no quiso aceptar mi decisión, así que me distancié de mi familia y me fui a la universidad.

—Pero eso no tiene sentido. Jake no es abogado. Si a tu padre no le gustaba que tú te hubieras puesto a trabajar, ¿por qué dejó que Jake fuera detective privado?

—Posiblemente porque le dejé el camino abierto para que pudiera hacer lo que quisiera. Mi padre se portó mejor con él al ver lo que había pasado conmigo por agobiarme tanto.

—¿Y no ves a tus padres?

—Sí —contestó sin mencionar que la semana pasada había estado a una hora de su casa en Florida y no había ido a verlos—, pero no mucho. No quiero volver a verme en la situación de que mi padre me diga lo que tengo que hacer.

—Pero cuando quieres a alguien sueles opinar sobre lo que debe hacer.

—Pues no debería ser así.

—¿Me estás diciendo que cuando encontremos a Jake no vas a decirle que te parece mal cómo se ha comportado?

—Sí, sabes que voy a decírselo.

—¿Ves? Y lo haces porque lo quieres.

No. Claro que quería a su hermano, pero su opinión desfavorable acerca de la actitud de Jake se debía, más bien, al amor que sentía por Mallory. Aquel descubrimiento lo dejó fuera de juego.

Se había enamorado de Mallory, de la prometida de su hermano. Madre mía.

Tendría que haberlo visto venir, pero no había sido así. Cuanto más tiempo pasaba con ella, más lo maravillaba su gran corazón. Quería que se ocupara de él, como hacía con todos los que los rodeaban. Era una mujer que sentía en profundidad y quería toda esa pasión e intensidad para él.

Mallory se acercó. Parecía una diosa, con su melena y sus ojos verdes. No solo le gustaba su físico sino la mujer que llevaba por dentro. Una mujer que apenas conocía.

No pudo evitar tomar un mechón de sus cabellos entre sus dedos y jugar con él. Vio cómo sus ojos se oscurecían y suspiraba. Olía a chocolate. No volvería a dudar de que era afrodisíaco.

—Hablas como si las necesidades de tus seres queridos fueran más importantes que las tuyas —dijo Sam—. Seguro que estabas más preocupada por que tus amigas tuvieran con quién ir a la fiesta de graduación del colegio que de tener tú acompañante.

—¿Cómo lo sabías? —preguntó ella sorprendida—. Emparejé a tanta gente en el colegio y en la universidad que me llamaban La Celestina.

—¿Salías con muchos chicos?

—No tenía tiempo. Siempre tenía cosas que hacer.

—Cosas que hacer por los demás, querrás decir.

—Para mí es muy importante que la gente que está a mi alrededor sea feliz —contestó ella acariciándole la mejilla—. También quiero que tú seas feliz, Sam.

—Tú me haces feliz —dijo él sin poder evitar que las palabras salieran de su boca. Alargó el brazo y le acarició la mejilla también—. Solo tengo que mirarte y me siento el hombre más feliz del mundo.

—No me lo creo. Seguro que se lo dices a todas —dijo ella bajando la mirada.

—Nunca se lo había dicho a nadie porque nunca lo había sentido. No sé si podría explicar lo que tú me haces sentir. Es como si llevaras una luz a tu alrededor que te alumbra y hace que todo brille.

—¿Como una linterna?

Sam se rio.

—No, como la luz del sol. Es tu bondad. Nunca había conocido a nadie que se preocupara tanto por los demás.

—Tú.

—¿Yo?

Mallory asintió.

—No quieres que los demás se den cuenta, pero tú eres así. Viniste porque tu hermano te necesitaba, me rescataste de aquella loca del bolso, te estás desviviendo por ayudarme.

—Tal vez, los motivos que me impulsan a ayudarte no sean tan puros como tú crees —le advirtió. Percibió que a ella se le había acelerado la respiración. Le levantó la cara agarrándola del mentón y vio deseo en sus ojos.

Se inclinó hacia ella lentamente, para darle tiempo a que se echara atrás, pero ella también se inclinó hacia delante. Sus labios se encontraron en un beso de lo más dulce. Sam le tocó el pelo, sin abrazarla, dándole tiempo para que se lo pensara bien.

Sabía que no estaba haciendo bien, pero no podía controlarse. Cuando Mallory dibujó el contorno de sus labios con la lengua, Sam gimió y la abrazó apoderándose de su boca con ferocidad.

Sintió sus senos en su pecho y deslizó la

mano bajo la camiseta para tocar uno de los tesoros. Se quedó sin respiración cuando llegó a su destino y notó que sus pezones estaban duros.

Le besó la cara y el pelo, como había deseado hacer desde la primera vez que la había visto. Negarse aquel placer había estado a punto de acabar con él. ¿Y todo por qué? Por un hermano que no se lo merecía. Un hermano que se había fugado con una bailarina de strip-tease. Un hermano al que quería.

Cerró los ojos e intentó no pensar en Jake, pero no lo consiguió.

—Maldita sea —exclamó apartándose de ella y poniéndose en pie.

—Sam, ¿qué te pasa?

—No puedo hacerlo —contestó entre dientes. Llevaba la camiseta por fuera y el pelo revuelto. Mallory nunca había deseado tanto a alguien.

—¿Por qué no? —preguntó viéndolo claro. Sam no podía hacerle el amor porque creía que estaba prometida con su hermano—. No, claro —añadió con tristeza—, no puedes.

Sam se tapó la cara con las manos y negó con la cabeza.

—Me he comportado mal. No debería haberme aprovechado de ti.

Mallory se quedó con la boca abierta. Estaba pidiéndole perdón por algo en lo que ella tenía tanta culpa como él. Incluso más porque había tentado a la suerte invitándolo a sentarse delante del fuego con ella, plenamente consciente de lo que quería que sucediera. Tenía que decirle inmediatamente que no iba a casarse con Jake.

—Sam, verás... —comenzó dispuesta a confesar. Sin embargo, no siguió porque se dio cuenta de que, con Patty y DelGreco en escena, le urgía más que nunca encontrar a Jake. No podía arriesgarse a que Sam decidiera dejar de ayudarla cuando su hermana corría el peligro de perder a su verdadero amor.

—No digas nada —dijo yendo hacia la silla vibradora y agarrando unos cojines—. Deberíamos dormir. Quédate tú con la cama. Yo dormiré en el baño.

—Puedes dormir aquí fuera —dijo sintiendo que, con cada paso que daba hacia el baño, su corazón se rompía un poco más.

—Sabes lo que sucedería si lo hiciera y no quiero odiarme mañana por la mañana —contestó Sam sin mirar atrás.

Mallory pensó que él no tenía motivos para odiarse, pero que, tal vez cuando le contara la verdad, la odiaría a ella.

Capítulo nueve

A la mañana siguiente, había dejado de nevar y las máquinas quitanieves habían despejado la carretera. Estuvieron en silencio todo el trayecto hasta Filadelfia. Mallory no dejaba de preguntarse cómo se había montado aquel lío.

Cuando le había dicho a Sam que iba a casarse con Jake lo había hecho con buena intención. Nunca pensó que las cosas se le fueran a ir de las manos.

Aunque Sam era un hombre muy guapo, ella creía estar por encima de eso. Lo malo era que tenía otras facetas que le gustaban. Ningún otro guapo de los que había conocido se habría sacrificado por Jake y por ella. Ninguno de ellos habría parado la noche anterior por una cuestión de honor.

Quería hacer muchas cosas con Sam, pero Jake se interponía entre ellos, así que decidió adoptar un nuevo mantra: «No te acostarás con el hermano de tu falso prometido».

Para colmo, Lenora estaba perdiendo el norte. El Geco había llamado a su hermana y las cosas habían empeorado.

La verdad era que no habían hecho ningún

avance en la investigación para encontrar a Jake.

Un horrible lío. Lo peor era que Sam estaba sufriendo porque creía haber traicionado a su hermano.

¿Quién iba a imaginarse que una inocente mentira iba a ocasionar todo aquello?

—Sam, lo de anoche... —dijo al entrar en la ciudad.

—No quiero hablar de eso. Te llevo a casa y nos olvidamos de todo lo que ha pasado —dijo con los ojos inyectados de sangre. Mallory supuso que no había pegado ojo en toda la noche, como ella.

—Pero...

—Mallory, no tenemos nada de lo que hablar. Por mucho que lo desee, no estoy dispuesto a robarle la novia a mi hermano.

En ese momento, sonó el teléfono. Mallory vio cómo se le iba cambiando la cara a Sam a medida que iba hablando.

—¿Quién era?

—Ida Lee. Anoche se metió en la cama pronto y descolgó el teléfono. Cuando se ha despertado ésta mañana, ha visto que había una llamada de Jake.

A Mallory se le aceleró el corazón.

—¿Desde dónde llamaba?

—Desde su casa. Ida Lee dice que, tal vez, todavía esté allí.

Al llegar a casa de Jake, Ida Lee los estaba esperando. Sam sacó la llave y abrió la puerta. Vio que los periódicos y las revistas estaban organizados. Pasó el dedo por la mesa y ni rastro de polvo. Horror.

—Sí. Jake ha estado aquí.

Al ir a la cocina, vio que había una nota sobre la mesa:

Luego te veo, hermano. Primero tengo que hacer una cosa. Uno se vuelve un poco loco cuando está enamorado.

Sam le dio la nota a Mallory, quien la leyó mientras Ida Lee intentaba leerla de puntillas.

—¿A qué se refiere? —preguntó la secretaria. Mallory no contestó y, al cabo de un rato, Ida Lee se dio cuenta de su silencio—. Está pensando que va a fugarse con la bailarina, ¿verdad?

—Ida Lee —le advirtió Sam en voz baja. ¿No se había dado cuenta de la tristeza de Mallory?—. Eso no lo sabemos.

—Estaba en Scranton con ella, así que hay muchas posibilidades, ¿no? —dijo Ida Lee—. Está usted preocupado por la dama, ¿verdad? No lo esté. Parece débil, pero estas damas siempre sacan fuerzas de flaqueza.

Ida Lee tenía razón. Mallory era fuerte. Soportaría la traición de Jake y seguiría con su vida. De repente, a Sam se le ocurrió que él estaría, entonces, justo en el lugar oportuno. Además, después de lo de la noche anterior, sabía que a Mallory no le era indiferente. Cuando se diera cuenta de que su hermano era una causa perdida, él estaría allí para recoger los pedacitos.

Sam intentó ignorar la expresión de tristeza que vio en la cara de Mallory, pero percibió que le temblaba el labio inferior y no pudo seguir engañándose por más tiempo. Aunque lo deseara a él, quería a su hermano. Aquello fue como si le clavaran un puñal en el corazón.

Decidió irse en cuanto encontraran a Jake. Aunque el mar y el sol ya no le llamaban tanto la atención.

—Ida Lee habla por hablar —dijo Sam dándose cuenta de que, si Mallory quería estar con su hermano, él también lo quería así. Aunque a él se le partiera el alma—. No sabe si Jake está con Patty.

—Jake se fue una vez con Patty —dijo Mallory levantando el mentón—, así que no podemos descartar que esté con ella ahora.

Sam tomó aire percibiendo su pena como si fuera suya.

—Voy a decirte una cosa. Estamos en paz. No voy a cobrarte nada.

—¿Por qué?

—Porque no lo he encontrado, ¿no?

—Aún no has terminado de buscar.

—¿Quieres que siga buscándolo?

—Por supuesto. ¿Para qué crees que te contraté? De hecho, creo que deberías volver a llamar a la empresa de la tarjeta de crédito. Estamos cerca. Tal vez, haya comprado algo más.

—Bien —dijo Sam maravillado de la lealtad de Mallory hacia su hermano. La nota de Jake decía que estaba enamorado, pero Sam dudaba que se refiriera a Mallory.

—¿Qué te han dicho? —preguntó Mallory cinco minutos después, cuando Sam colgó el teléfono.

Sam no quería decírselo.

—Venga, suéltelo —lo animó Ida Lee. Sam se dio cuenta de que Mallory iba a acabar enterándose tarde o temprano.

—El último cargo de su tarjeta es de varios miles de dólares —contestó mirando a Mallory. Recordó que le había dicho que todavía no le había comprado el anillo de pedida—. Es de la joyería McGuffin.

Se hizo el silencio más absoluto y fue Ida Lee la que habló.

—Dios mío, le ha comprado un anillo de compromiso a esa mujer —aventuró. En ese momento, llamaron al timbre—. Me apuesto el cuello a que es el novio.

—Jake no llamaría a la puerta de su propia

casa —dijo Sam yendo hacia la puerta.

—Ya voy yo —dijo Mallory, que estaba más cerca.

Abrió la puerta y se encontró con una rubia menuda de cara angelical. Una rubia que se suponía debía estar en Hilton Head.

—¿Mallory? —dijo Lenora.

Mallory sintió deseos de estrechar a su hermana entre sus brazos y consolarla por la traición de Jake, pero eso su hermana no lo sabía, como Sam tampoco sabía que su hermana era la verdadera prometida de Jake. Ay, madre.

Entonces, le cerró a su hermana la puerta en las narices.

—¿Quién era? —preguntó Ida Lee.

—Mallory, abre inmediatamente —dijo Lenora aporreando la puerta—. Espero que no estés con Jake. Mira que te he advertido que no te metieras.

—¿Quién es esa? —preguntó Sam.

—Parece un triángulo amoroso —intervino Ida Lee emocionada—. ¿Quién iba a pensar que Jake tenía tres damas en lugar de dos?

—Jake no tiene tres damas —protestó Mallory.

—Déjame entrar —gritó Lenora—. ¡Maldita sea, Mallory, abre la puerta!

—Mallory, abre la puerta —dijo Sam.

Podía ignorar a su hermana, pero no a Sam.

Tomó aire, abrió la puerta y se encontró con la airada cara de su hermana. Lenora pasó sin pedir permiso.

—No puedo creer que me hayas cerrado la puerta en las narices. Además, ¿qué haces aquí? Te dije que no te metieras entre Jake y yo, pero, como de costumbre, tú nunca escuchas. Tú... —se interrumpió mirando a Sam y a Ida Lee—. ¿Quiénes son estos?

—¿Quién es usted? Nosotros estábamos aquí primero —dijo Ida Lee.

—¿Y eso qué tiene que ver? —dijo Lenora levantando los brazos—. Esta es la casa de Jake, así que tengo más derecho que nadie a estar aquí.

—¿Y eso? —preguntó Sam dando un paso enfrente—. ¿Y usted quién es?

—Es mi... —dijo Mallory.

—Soy la prometida de Jake —contestó Lenora desafiante.

—Eso es imposible —dijo Sam mirando a las dos hermanas—. Mallory es su prometida.

—No sé de dónde se habrá sacado usted eso —dijo Lenora mirándolo a los ojos.

—Un momento —dijo Ida Lee—. No entiendo nada. ¿Jake tiene dos prometidas o tres?

—¿Tres? ¿De dónde se saca tres? —dijo Lenora.

—Bueno, usted, su hermana y esa a la que le gusta desnudarse —contestó Ida Lee.

Lenora se quedó lívida.

—¿Quién es esa última?

—La de la Casa de los Siete Velos. Se llama Patty Peaks. Jake dijo que iba a hacer una locura y, por lo que sabemos, le ha comprado un pedrusco.

Lenora abrió los ojos como platos y se agarró al brazo de su hermana.

—Mallory, ¿es eso cierto? ¿Es verdad lo que está diciendo esta horrible mujer?

—Eh, no soy una horrible mujer —se defendió Ida Lee—. Soy la secretaria del sinvergüenza ese que tiene tres novias.

—Tiene dos, que sepamos, no tres —dijo Mallory viendo las lágrimas de su hermana y abrazándola—. No sabemos si ha comprado un anillo de compromiso o no.

—Solo lo creemos porque pasó una noche con Patty en Scranton —dijo Ida Lee.

—No puedo creerme que decidiera no ir a Hilton Head para encontrarme con esto —dijo Lenora llorando a lágrima viva.

Mallory la abrazó mirando a Ida Lee con mala cara.

—No llores, Lenora. Ya te he dicho que no estamos seguros de nada.

—¿Es tu hermana? —preguntó Sam.

—Sí, claro que lo es —contestó Mallory—.

Lenora, este es Sam, el hermano de Jake.

—¿Su hermano? —dijo Lenora mirándolo dolida—. ¡Te odio!

—¿A mí? ¿Pero yo qué he hecho?

—Eres familia de Jake, ¿no?

—Sí, pero...

—Seguro que pasa noches con mujeres con las que no tiene relaciones. Seguro que es una cosa de familia.

—Solo pasa la noche con esta dama de aquí y no están prometidos —apuntó Ida Lee—. Tal vez, todo quede en casa porque él creía que ella estaba prometida a Jake, ¿verdad, Sam?

Sam no contestó. Se limitó a mirar fijamente a Mallory con expresión inescrutable. Ella sintió náuseas. Había querido contarle la verdad ella, pero se había enterado de la peor manera posible. ¿Cómo iba a explicárselo?

—Y tú —dijo Lenora señalando a su hermana con el dedo índice—. Otra vez entrometiéndote a pesar de que te dije que no lo hicieras.

—Solo quería ayudar —murmuró Mallory.

—¿A qué?

—A que Jake y tú volvierais juntos. No quería que cometierais un error. Que él se fuera con Patty Peaks o tú, con Vince.

—¿Qué tiene que ver Vince en todo esto? Lo has llamado, ¿no? Por eso tenía un mensaje suyo en el contestador.

—Lo llamé solo para asegurarme de que no había ido contigo a Hilton Head.

—Eso es lo que debería haber hecho. La verdad es que, ahora que lo pienso, tal vez, debería seguir el ejemplo de Jake y hacer alguna locura —dijo Lenora. Mallory esperaba que se refiriera a algo como dejarle el dinero al vago de Sheldon.

—¿Por ejemplo aullar a la luz de la luna desnuda? —preguntó Ida Lee.

—Claro que no —contestó Lenora desafiante—. Me refería a llamar a Vince.

—No puedes hacer eso —gritó Mallory pensando que era mejor el Vago.

—No me digas lo que tengo que hacer. Esta vez, no pienso consentírtelo. Mantente al margen de mis asuntos, Mallory Jamison. Si quiero volver con Vince, es asunto mío —dijo su hermana dándose la vuelta hacia la puerta.

—Eh, espere —dijo Ida Lee yendo hacia ella—. Iba a tomar un taxi. ¿Podría llevarme?

Mallory agarró su abrigo dispuesta a salir corriendo detrás de su hermana, pero Sam se puso en medio y se lo impidió.

Como siempre que lo tenía cerca, se le aceleró el corazón, pero aquella vez era más por miedo que por pasión. ¿Qué pensaría de ella?

—¿Adónde vas?

—Con Lenora. Tengo que impedir que haga una locura —contestó tragando saliva.

—Vaya, qué curioso porque yo creo que, primero, me debes una explicación.

Tenía razón. Mallory lo miró a los ojos y bajó la vista porque se sentía culpable. Sam le quitó el abrigo, lo dejó sobre el respaldo de una silla y se cruzó de brazos—. Estoy esperando.

—Nunca estuve prometida con Jake —contestó tomando aire y armándose de valor.

—De eso, ya me he dado cuenta—dijo él en tono neutral. Mallory no podía discernir lo que estaba pensando—. Lo que no sé es por qué me dijiste lo contrario.

—Lenora me dijo que Jake le había dicho que no estaba seguro de querer casarse. Yo estaba desesperada por encontrarlo. Supuse que tú estarías más dispuesto a ayudarme si te decía que íbamos a casarnos.

—Podrías haberme dicho la verdad.

—Sí claro. Si llego a decirte la verdad, no me habrías ayudado. No te gusta meter las narices en las vidas de los demás, así que no me habrías ayudado a meter en las mías en la vida de Jake —contestó Mallory sin levantar la mirada del suelo.

Jake se quedó pensativo.

—Bien, puede que eso sea cierto, pero ¿por qué no me lo dijiste anoche en el hotel?

Mallory se dio cuenta de que lo había hecho sufrir. Su comportamiento había destrozado cualquier posibilidad de estar juntos, pero tenía que entenderla. Al final, lo miró a los ojos.

—Te deseaba. No puedes imaginarte cuánto —contestó en voz baja—, pero Jake estaba con Patty y temía que Lenora se fuera con Vince. Tenía que encontrar a Jake más que nunca. No podía decírtelo.

Jake no contestó. Mallory no sabía qué estaba pensando. Lo vio mojarse los labios.

—A ver si lo he entendido. ¿Jake y tú nunca habéis tenido nada?

—Nunca. Solo quería encontrar a Jake por Lenora.

Jake levantó una ceja.

—No estarás prometida a otro, ¿no?

—En estos momentos, no —Jake no dijo nada, pero la miró intensamente. Mallory sintió que le flaqueaban las piernas—. Si no me perdonas, lo entenderé —añadió bajando los ojos de nuevo.

—No debería perdonarte —contestó él acercándose y agarrándola del brazo. Ella esperaba que la condujera a la puerta y le dijera que no quería volver a verla.

—Si no quieres volver a verme nunca, también lo entenderé.

—Después de lo que has hecho, no sería una mala idea —dijo acercándose más.

Mallory aunó el coraje para levantar la mirada y se sorprendió al no ver censura en sus ojos.

—No estás enfadado —lo acusó—. ¿Qué está pasando?

Jake no contestó. La abrazó y la besó. Mallory le pasó los brazos por el cuello y dejó que sus dedos se perdieran por su pelo. Siguió besándolo sin poder creer que estaba entre sus brazos.

Sintió el corazón lleno de amor mientras se besaban y su cuerpo fue siendo presa del deseo.

—¿No estás enfadado conmigo?

—Lo estaba, pero se me ha pasado en cuanto me has dicho que no ibas a casarte con mi hermano.

—¿Y ahora qué?

—¿Recuerdas el vestido que llevabas cuando ibas de Annie?

—Sí —contestó ella ahogando un grito de sorpresa cuando Jake le tocó un pecho por debajo de la camiseta.

—¿Podrías ponértelo?

—Sí —contestó ella sintiendo que se le

ponían los pezones duros—, pero no puedo pensar en estos momentos, no sé dónde está y, además, creo que lo descosí.

—Mejor —dijo él apartando la camiseta y llevando su boca sobre su pecho—. Cuando nos conocimos, me excitaste tanto que recé para que se estallaran las costuras de aquel vestido.

Mallory se rio y pasó a los gemidos ante la sabiduría de los movimientos de su boca. Echó la cabeza hacia atrás para darle vía libre. Jake fue subiendo por el cuello, dándole besos, hasta llegar de nuevo a su boca.

—¿Qué te parece si nos vamos abajo y vemos qué tal es el futón de Jake?

—¿El naranja y verde? —preguntó Mallory. Era el mueble más feo de toda la casa.

—Sí. Desde que te vi ayer en la cama de agua con forma de corazón, me gustan las cosas cursis.

—No me digas que te pareció sexy —rio ella.

—Cariño, contigo encima, todo me parece sexy. Nunca me he sentido tan frustrado.

Mallory comenzó a desabrocharle la camisa.

—Me parece que puedo hacer algo para remediarlo —dijo besándolo desde la nuez hasta el vello del pecho sintiendo cómo se estremecía.

Siguió bajando con la mano, la deslizó por su tripa hasta llegar a tocar la erección por encima de los vaqueros. Lo besó con fruición y notó que temblaba a medida que ella iba moviendo la mano.

—¿Qué pasa con el futón? —preguntó Mallory encontrándose transportada en brazos a un sillón.

—Está muy lejos. Ya lo probaremos luego —prometió él quitándole la camiseta. La miró como con fuego en los ojos—. Olvídate del vestido. Prefiero desnudarte que disfrazarte.

Mallory sonrió, se quitó los pantalones y se lanzó a ser amada por un hombre tan increíble.

Mucho más tarde, después de cenar comida china que les habían llevado a casa, Mallory se acurrucó contra su cuerpo, cansada y muerta de sueño.

—¿Mallory?

—¿Sí?

—Si vuelves a fingir que estás prometida, llamaré a la rubia del local de strip-tease.

—¿Para qué? —murmuró ella.

—Para que te pegue con el bolso.

Capítulo nueve

Mallory se despertó a la mañana siguiente oliendo a café. Alargó el brazo y vio que Sam no estaba en la cama, así que agarró su almohada e inhaló su olor.

Ah, hacer el amor con él había sido maravilloso. Si no hubiera habido una segunda y una tercera vez, habría podido creer que la primera había sido un sueño. Al final, el futón no les había parecido tan cursi.

Había sido más bonito todavía por cómo se había controlado la noche anterior.

¿Cómo podía ser tan galante?

Sonrió segura de que aquello caliente y salvaje que sentía dentro de su cuerpo era amor. Nunca lo había sentido antes. Había estado esperando algo especial, un hombre de honor, caballerosidad y buenos sentimientos. Había estado esperando a Sam.

Con una sonrisa, se puso una camiseta de Sam, pasó al baño y bajó a la cocina descalza justo cuando él estaba contestando el teléfono.

Estaba de espaldas, sin camiseta ni zapatos, solo con unos vaqueros desteñidos.

Hombros anchos, cintura estrecha, trasero prieto y piernas largas.

Estaba friendo huevos y beicon. Mallory se acercó y lo abrazó de la cintura. Él se dio la vuelta, sonrió y le dio un beso.

—Bien, Jake —dijo—, espero que sepas lo que estás haciendo —Mallory se puso alerta inmediatamente—. Cuenta con mi apoyo. Sí, sí. Yo no puedo decirte lo que tienes que hacer, pero te apoyo —Mallory le dio en el brazo desesperada. ¿Qué estaba pasando?—. Muy bien, nos vemos en un par de días —se despidió y colgó.

—¿Vas a verlo en un par de días? ¿Está con Patty? ¿Dónde está? ¿Sabe lo de Lenora y el Geco?

—Tranquila, cariño —dijo él riendo y abrazándola—. ¿No me merezco unos buenos días más cariñosos?

La besó y ella olvidó por un momento el tema. A pesar de haber hecho el amor varias veces, sintió deseos de nuevo.

—Buenos días —le deseó él besándola en ese lugar del cuello que había descubierto la noche anterior, aquel que la hacía ronronear.

—Buenas días —murmuró ella besándolo. Los besos de Sam eran mucho más efectivos que la cafeína para poner el corazón en marcha. Se planteó dejó el café.

152

—Esto es lo que yo llamo empezar bien el día —sonrió él abrazándola—. ¿Has dormido bien?

—No he dormido mucho, la verdad —contestó ella haciéndolo sonreír diabólicamente.

—¿Quién necesita dormir? —dijo él agarrándola de las nalgas y apretándola contra sí. Mallory sintió mil cosas, pero había algo que no debía olvidar. Tenía que pensar y, si él la tocaba, le era imposible.

Cuando dejó de nublarle los sentidos con su boca y sus manos, lo recordó. Jake.

—¿Intentando distraerme, Sam Creighton? —dijo en jarras.

—No, más bien, intentando besarte, pero me gusta que lo encuentres digno de distracción —contestó él—. ¿Quieres que vuelva a distraerte?

Sí, pero no era el momento.

—Luego.

—Te tomo la palabra —dijo dándose la vuelta para ocuparse del beicon. Parecía haberse olvidado de su hermano.

—Estabas hablando con Jake, ¿no?

—Sí —contestó él—. ¿Ya ha pasado suficiente tiempo? —añadió intentando tocarla. Mallory le hizo un quiebro. Tenía que saber de qué habían hablado.

—¿Qué te ha dicho?

—No vas a darte por vencida, ¿eh?

—No.

—Bueno, tú ganas. Hemos estado hablando de boda —Mallory se quedó sin respiración un instante. ¿Qué boda? ¿La suya con Sam? Sí, eso era lo que ella quería exactamente. Casarse con él, tener hijos con él y envejecer con él. Quererlo tanto durante el resto de sus días como lo quería en aquellos momentos—. Quería que lo aconsejara, pero yo le he dicho que la decisión era suya, así que ha decidido hacerlo.

Mallory estaba tan sorprendida consigo misma porque se acababa de dar cuenta de que quería casarse con Sam, que no se había enterado.

—¿Quién ha decidido hacer qué?

—Jake ha decidido casarse —contestó Sam—. ¿No era de él de quien querías hablar?

Claro, Sam no se refería a ellos. Aunque ella lo quisiera, eso no significaba que fuera recíproco. Hablaba de Jake, de su hermano, por supuesto. Horror.

—Dios mío. ¿Va a casarse?

—Sí.

—¿Con Patty Peaks?

Sam se encogió de hombros como si quien fuera la novia no tuviera importancia.

—Me parece que sí.

—¿No se lo has preguntado?

—No, a mí no me atañe.

—Pero si eres su hermano. ¡Claro que te atañe!

—Yo no opino lo mismo.

—No podemos dejar que lo haga.

—¿Cómo?

—Jake no piensa con claridad. No lo ha hecho desde que dejó a Lenora. Él quiere a Lenora, no a Patty.

—Me parece que eso el que lo sabe es él, no tú.

—En estos momentos, no. ¿No te das cuenta del comportamiento tan raro que ha tenido últimamente? Bailarinas de strip-tease, asesores matrimoniales, guarderías. Si se da un poco más de tiempo, se dará cuenta de a quién quiere de verdad.

—Es obvio que no quiere más tiempo.

—¡Pero va a cometer un gran error!

—Su error.

Mallory sintió ganas de gritarle. La felicidad de su hermana estaba en juego y la de Jake, también. Tenía que convencer a Sam por el bien de todos.

—Tenemos que impedir esa boda.

—Yo no pienso tomar parte en eso —dijo él levantando las manos—. No pienso impedir la boda de Jake.

—Entonces, lo haré yo. ¿Dónde está?

Sam la miró en silencio. Mallory se dio

cuenta de que no se lo había preguntado.

—No lo sabes, ¿verdad?

—Claro que lo sé.

—¿Dónde? —preguntó ella con esperanzas renovadas.

—No pienso decírtelo —contestó Sam con resolución.

—Me lo tienes que decir —imploró.

—¿Para qué? ¿Para que metas las narices donde no debes?

—¿Cómo te atreves? Jake es asunto mío porque mi hermana está enamorada de él. Tengo que saber dónde está.

—No.

—No me lo puedo creer —gritó Mallory—. ¿No te importa que Jake se case con la mujer equivocada?

—No me importa con quién se case Jake mientras no sea contigo. Venga, vamos a desayunar —dijo pasándole el brazo por los hombros.

Ella se lo quitó y lo miró con desprecio.

—¿Te crees que voy a sentarme a desayunar contigo después de esto? Voy a vestirme.

Lo oyó suspirar e ir tras ella.

—Vamos, Mallory. Lo que Jake decida hacer es asunto suyo, no tuyo.

—Yo no opino lo mismo —le dijo repitiendo sus propias palabras—. Lo que opino es que no pienso pasar un minuto más contigo.

Sam la agarró justo antes de entrar en la habitación. Mallory no quería mirarlo a los ojos para no desfallecer.

—No puedo creerme que te enfades por una tonterías así.

—¿Tontería? —repitió ella furiosa—. ¡Tu hermano va a cometer el peor error de su vida, tú no mueves ni un dedo para impedirlo y me dices que es una tontería!

—Ya te he dicho que no pienso interferir en la vida de Jake.

—Claro. ¿Y si fuera a saltar delante de un coche no lo apartarías?

—Estás diciendo tonterías.

—De eso nada. Debí haberme imaginado que eras así cuando me dijiste que no tenías trato con tu familia.

—Eso no es así.

—Apenas hablas con ellos. No los ves casi nunca. No sabes lo que les pasa.

—Ya te he explicado eso. Los quiero, pero no quiero inmiscuirme en sus vidas.

—Escúchate. ¿No ves lo insensible que suenas? No puedo creerme que seas así de cruel.

—¿Me estás diciendo que no quieres nada conmigo porque no estoy dispuesto a meterme en la vida de mi hermano?

—Es una manera de decirlo.

—¿Te has parado a pensar que no me gusta nada que seas una entrometida?

—No soy una entrometida —se defendió Mallory.

—Metes las narices constantemente en la vida de los demás. Eras la entrometida por excelencia.

—¡Llámame lo que quieras, pero yo quiero lo suficiente a mi hermana como para querer lo mejor para ella!

—Tal vez, lo mejor para ella sería que la dejaras en paz para que cometiera los errores que tenga que cometer ella solita. ¿No te has parado a pensar que la estás haciendo dependiente de ti? ¿Por qué, si no, trabajas en algo que no te gusta nada? Te pasas el tiempo pensando en lo que quieren los demás y no te paras a pensar en lo que quieres tú.

—No quiero seguir oyéndote. Me voy.

Sam se rio.

—¿Estás diciéndome que se ha acabado después de lo de anoche?

Mallory sintió ganas de llorar, pero no estaba dispuesta a hacerlo delante de él. En unos minutos había pasado de darse cuenta de que lo amaba a darse cuenta de que no podía tenerlo.

—Te diría que huele a beicon quemado, pero no me gustaría que pensaras que soy una entrometida —dijo un segundo antes de que el detector de humos comenzara a chillar.

Mallory entró en la habitación, se vistió y salió de su vida.

Capítulo once

Mallory se miró al espejo aquella tarde tocada con un sombrero negro de bruja. Se lo puso de lado porque le pareció más siniestro, terminó de retocarse el maquillaje verde que se había puesto en la cara y se ajusto la enorme nariz con verruga incluida en la punta. También verde.

Sí, daba miedo.

Había sido una bendición aquel encargo para ir a una fiesta vestida de la bruja Glinda. Había estado tan ocupada disfrazándose y maquillándose que no había tenido tiempo para pararse a pensar en su corazón.

Se había sentido tentada de llamar a Sam para pedirle consejo, pero ella también había visto El mago de Oz, así que sabía perfectamente cómo era Glinda.

Sam no iba a ayudarla con Jake, así que no había motivo para pedirle ningún otro tipo de ayuda. Ya había calculado lo que le debía, había hecho el cheque y lo había echado al correo.

No. Sam y ella habían terminado.

Lo quería, pero no podía compartir la vida con un hombre tan distante con sus seres queridos.

Sintió una punzada de dolor seguida por un gran enfado de nuevo al recordar que no le había querido decir dónde estaba su hermano.

Si se lo hubiera dicho, podría haber evitado un gran error, pero temía que fueran dos grandes errores los que se hubieran producido.

Lenora no había ido a dormir y no había dejado ningún mensaje. Mallory cerró los ojos. No quería, pero debía aceptar la posibilidad de que, tal vez, estuviera con DelGreco.

No había podido salvar a Jake, pero aún estaba a tiempo de salvar a su hermana.

Intentó abrir los ojos, pero se había puesto tanta máscara en las pestañas que no podía.

Haciendo un gran esfuerzo, lo consiguió y corrió al teléfono. Marcó con las larguísimas uñas verdes que se había puesto y el Geco contestó a la primera.

—Aquí el Gran DelGreco. Si eres una muñeca, únete a mi fiesta.

Ajjjj. Mallory hizo un gesto de repulsión. ¿Qué veía Lenora en aquel tipo?

—Soy Mallory —dijo directa al grano—. Estoy buscando a Lenora.

—Cuando la encuentres, pregúntale a ver si quiere que salgamos los cuatro. Ella, tú, yo y la gloria.

—Eres más cutre de lo que te recordaba, Vince.

—No soy Vince, pero puedo hacerme pasar por él si eso te pone.

—¿Quién eres? Eres Virgil, ¿verdad? —dijo Mallory acordándose del hermano pequeño—. ¿Sabe tu madre esto?

—No soy Virgil —dijo engolando la voz—. No eres una amiga de mi madre, ¿verdad?

—No sé ni quién es tu madre.

—En ese caso, ¿quieres quedar conmigo?

—No, lo que quiero es hablar con Vince.

—Jo, qué suerte tiene. Primero, Lenora y, ahora, tú.

Mallory sintió que se le caía el alma a los pies.

—¿Lenora ha estado ahí?

—Sí, se acaban de ir los dos.

Su peor pesadilla hecha realidad. Lenora saliendo con el Geco. Tal vez, todavía pudiera impedirlo.

—¿Te han dicho adónde iban?

—Sí. Quién lo iba a decir de Vince. Quién iba a pensar que iba a dejar la vida de soltero por una chica.

—¿De qué estás hablando? —preguntó Mallory presa del pánico.

—Me dijo que se iban a los juzgados para casarse.

Mallory colgó y corrió escaleras abajo en zapatillas y disfraz. Abrió la puerta y se encontró con Jake.

Mallory se quedó sin habla. Cómo se parecía a Sam.

—¿Mallory? —dijo con una sonrisa—. ¿Eres tú? ¿De qué te has disfrazado esta vez?

—De Glinda, la bruja de El mago de Oz.

—¿Pero Glinda no es...?

—¿Qué haces aquí?

—He venido a ver a Lenora.

Vaya caradura. Había ido hasta allí para contarle en persona a su hermana que se había fugado con Patty.

—No está, pero, si estuviera, no creo que quisiera hablar contigo —le espetó cerrándole la puerta en las narices.

—¿Qué pasa? ¿Por qué no quieres que la vea? —dijo él poniendo el pie para impedírselo.

—No te hagas el tonto.

—Dímelo.

—Por cómo te has portado, por Patty Peaks. ¿No te has parado a pensar que ibas a destrozarla?

—¿Qué tiene que ver Lenora con eso? —preguntó Jake confuso—. Debería estar acostumbrada a ese tipo de cosas a estas alturas.

Mallory ahogó un grito de sorpresa. Nunca se habría imaginado a su hermana compartiendo a su pareja. Jake debía haberle sorbido el seso, pero, ya casado, las cosas cambiaban.

—Jake, eres un canalla —lo acusó con un dedo verde—. Nunca creí que fueras a caer tan bajo, no te creía capaz de hacer algo así.

Volvió a intentar cerrar la puerta, pero él volvió a meter el pie.

—¿De qué estás hablando? —preguntó exasperado.

—¡De tu boda!

—No me he casado. ¿De dónde has sacado esa idea?

—Has comprado un anillo de pedida...

—¿Y?

—Y le dijiste a Sam que ibas a fugarte con Patty.

Jake se rio.

—Patty es un encanto, pero no me quiero casar con ella sino con Lenora.

—¿Cómo te atreves? Después de haberte acostado con esa bailarina de strip-tease. Ya me aseguraré yo de que Lenora no vuelva contigo.

—Espera un momento —dijo enfadado—. No me he acostado con Patty. Es una clienta. No es asunto tuyo, pero te diré que no he tocado a ninguna otra mujer desde que estoy con Lenora —le dijo. Mallory supo que estaba diciendo la verdad—. ¿Dónde está tu hermana?

Mallory se tapó la boca dándose cuenta de cómo había malinterpretado la relación entre Patty y Jake. Lo único que había conseguido había sido mandar a su hermana derechita a los brazos del Geco—. No hace falta que sigas protegiéndola, Mallory. Sé que he sido un imbécil. Cuando llegó el momento de poner fecha de boda, me asusté y huí, pero al cabo de un par de días me di cuenta de lo mucho que la quería.

—Ay —dijo Mallory sintiéndose fatal.

—¿Qué quieres decir con eso? —preguntó mirándola con aquellos ojos azules tan parecidos a los de Sam.

—Lenora está con El Geco.

—¿Qué es un geco?

—Un lagarto muy pequeño.

—¿Se ha comprado una mascota?

—Ojalá —contestó Mallory tragando saliva—. Es un apodo. Es Vince DelGreco.

—¿Su ex novio? —Mallory asintió—. ¿Me estás diciendo que se fue de mis brazos a los suyos directamente, que no ha perdido el tiempo y se ha buscado a otro?

—No, verás —protestó Mallory—, fui yo, sin querer. Yo quería encontrarte para hacerte entrar en razón, pero no te encontraba.

Lenora dijo algo de llamar a Vince. No lo decía en serio, pero yo no lo sabía, así que lo llamé yo para ver si lo había llamado ella. Entonces, él la llamó y, no sé cómo, en estos momentos están yendo hacia los juzgados para casarse —resumió Mallory. Jake maldijo y salió corriendo calle abajo—. ¿Adónde vas?

—A impedirlo.

—Espera, voy contigo —dijo siguiéndolo.

—No —contestó él dándose la vuelta—. Ya has hecho suficiente daño. Si Lenora se casa con ese Geco, pesará sobre tu conciencia.

Tras verlo alejarse a toda velocidad en su coche, Mallory entró en casa y se sentó en una silla sin poderse creer cómo las cosas habían salido tan mal si ella lo había hecho todo con buena voluntad.

Pasaron diez minutos y se dio cuenta de que debía hacer algo. Lo mínimo que podía hacer era intentar que las cosas se arreglaran. Todavía tenía una hora antes de tener que acudir a la fiesta.

Se agarró el sombrero y la falda y corrió hacia la puerta.

«Juzgados, allá voy», pensó.

—No sé por qué no has tomado un taxi después de que ese camión se llevara tu coche por delante —dijo Sam.

—¿Estás de broma? La oficina estaba a cinco minutos y no había ningún taxi a la vista. Además, así voy con mi hermano mayor.

El hermano mayor habría preferido que lo mantuvieran al margen de todo aquello. Si Lenora se quería casar con el Geco, él no podía hacer nada. Todo aquello era entre Jake y Lenora, por mucho que Mallory se empeñara en no verlo así.

Al pensar en ella, sintió un inmenso dolor. Al principio, se había sorprendido porque no quisiera estar con él porque no le gustara meterse en los asuntos de los demás, pero peor había sido darse cuenta de que una entrometida y un hombre con la filosofía que él tenía de «vivir y dejar vivir» no tenían futuro juntos.

Aun así, pensar que no iba a estar con ella le dolía, no podía soportar la idea de no pasar el resto de su vida a su lado.

Pensó que era irónico ir hacia los juzgados a toda velocidad para ver cómo Jake también perdía a la mujer que amaba.

—Dios mío, qué día —se quejó Jake—. Después del día que llevo, para colmo, estrello el coche.

Sam lo miró. Aunque el coche estaba destrozado, a él no le había pasado nada.

—¡Menudo mes llevo yo! ¿Cómo se te ocurre dejarme a mí con tu agencia y largarte? ¿En qué estabas pensando?

—En nada. Todo este asunto de la boda me tenía bloqueado.

—¿Y eso te da derecho a bloquear también mi vida? Te estaría bien empleado que tomara el próximo avión a Florida.

—Dios mío, es verdad, Sam. Espero que no hayas perdido el barco que querías por venir a ayudarme.

Se dio cuenta de que hacía días que no pensaba en el barco. No sabía si se lo habrían vendido a otra persona o no. Tampoco se había preocupado por tema. Solo había tenido ojos para Mallory.

—No te preocupes por el barco. Tienes otras cosas en las que pensar.

—Te refieres a Lenora, ¿verdad? ¿Crees que me perdonará?

—Por pensarte lo de la boda, seguramente, pero por haberte acostado con Patty... eso ya es otro tema.

—¿Cuántas veces voy a tener que deciros que no me he acostado con Patty? Estaba resolviendo un caso. De todas formas, ¿cómo sabéis de la existencia de Patty?

Sam le resumió lo ocurrido y le habló de la preocupación de Mallory, que los había llevado por medio estado buscándolo.

—Vaya, sois dos buenos detectives, pero os habéis equivocado. Patty me contrató para encontrar a su madre.

A su pesar, Sam sentía curiosidad.

—¿Y dónde encaja el padre Andy en todo esto?

—Él era la pieza clave. Patty recibía todos los años un ramo de rosas en su cumpleaños, pero nunca supo de quién hasta que yo seguí la pista que me llevó al padre Andy. Él conoció a la madre de Patty. Cuando se quedó embarazada fue a pedirle consejo y él la envió a una casa para madres solteras.

—Que hoy es una guardería.

—Efectivamente. La directora fue muy amable y pude encontrar a la madre de Patty.

—En Scranton.

—Efectivamente otra vez. El encuentro fue de lo más emotivo. Patty quiso que yo la acompañara para animarla.

Las piezas del rompecabezas encajaban por fin. Jake no había ido a ver al padre Andy en busca de consejos, ni a la guardería para ver cómo se sentía rodeado de niños, ni se había acostado con Patty Peaks en Scranton.

Si hubiera conocido mejor a su hermano, lo habría sabido. Sam se frotó la barbilla pensativo.

—Jake, ¿por qué nos hemos convertido en dos extraños?

—Porque no nos hemos interesado por la vida del otro —contestó su hermano.

Justo en el centro de la ciudad se alzaba el enorme edificio de los juzgados.

Mallory entró en el vestíbulo a toda prisa y se quedó allí en medio sin saber qué hacer, viendo desfilar gente a su alrededor.

Intentó preguntar a varias personas, pero todas huían de ella. Se dio cuenta de cómo iba vestida. «Desde luego, la gente no tiene respeto por las brujas».

Decidió tomar cualquier puerta y volver a preguntar.

Pasó una mujer mayor de pelo blanco y se dirigió a ella. Era Ida Lee.

—Ida Lee —exclamó—. ¿Qué hace usted aquí?

—Vaya, si sabe usted mi nombre, esto de las brujas va a ser verdad al final.

—No soy una bruja, soy Mallory, la dama.

—Desde luego, querida, el verde no le sienta nada bien.

—Pero Glinda tiene la cara verde.

—¿Glinda la de El mago de Oz?

—Sí.

—Pero Glinda no...

—No esperaba verla aquí.

—¿Creía que me iba a perder a mi jefe intentando recuperar el amor de su amada?

—¿Cómo sabe eso?

—Porque estaba en la oficina cuando Jake vino a buscar a Sam.

—¿Sam está aquí?

—Sí, ahí —contestó la mujer señalando. Ambos hermanos entraban a la carrera. Hacían una buena pareja, los dos altos y guapos, pero ella solo tenía ojos para Sam—. Lo que no sé es quién es el que viene con él.

—Es Jake —contestó Mallory—. Su jefe.

—Ah, sí, claro.

Miró a Jake, que parecía tener solo una cosa en mente: impedir que la mujer que amaba se convirtiera en la señora Geco.

—Ehh —los llamó Ida Lee corriendo hacia ellos. Mallory la siguió. Para tener ochenta años, corría que se las pelaba—. Estamos aquí.

Los hermanos se dieron la vuelta.

—Te he dicho que no te metieras en esto, Mallory —le advirtió Jake.

—¿Esa bruja es Mallory? —preguntó Sam sorprendido.

—Sí —contestó su hermano furioso—. ¿Qué quieres? ¿Estropear más las cosas?

—¡No le hables así! —dijo Sam.

—Eso, no le hable así. La dama no es mala persona.

—¿Y usted quién es? —preguntó Jake.

—Lo sabía —dijo Sam señalando a Ida Lee—. Sabía que Jake no la había contratado como secretaria.

—Lo habría hecho si me hubiera visto trabajar. Desde que estoy yo en la oficina hay casos nuevos.

—Porque Mallory los consiguió —protestó Sam.

—Bueno, pero yo he ayudado —mintió la anciana.

—Un momento. Esa voz me suena. ¿Señora Scoggins? —dijo Jake.

—La misma.

—Pero usted es la mujer que me llamaba todo el rato para que comprara bombillas... No tengo tiempo para esto ahora. Tengo que encontrar a Lenora antes de que sea demasiado tarde —dijo saliendo disparado con los demás a la cola. Parecía saber perfectamente adónde iba.

—¿Qué haces aquí? —le preguntó Mallory a Sam—. Creía que no querías meterte en los asuntos de tu hermano.

—Lo he hecho porque él me lo ha pedido —contestó él. Quería decirle que se había dado cuenta en el coche que no conocía a su hermano de nada, que se había distanciado demasiado y que no sabía cómo remediarlo.

En ese momento, una ráfaga de viento le movió el sombrero y él se lo colocó. A pesar de que se suponía que debía estar fea con el pelo negro y la cara verde, él seguía viéndola bonita.

—Eh, ¿no es esa de allí la hermana de la dama? —dijo Ida Lee señalando las escaleras de entrada.

Efectivamente. Era Lenora. Iba guapísima, con un abrigo rojo y sombrero a juego. A su lado, Vince arreglado y con kilos de gomina en el pelo.

—¿Ese es el Geco? —preguntó Ida Lee—. Pero si es mono.

—Me parece que hemos llegado tarde —le dijo Mallory a Sam yendo hacia su hermana.

—¡Me has arruinado la vida! —le gritó Lenora.

—No le hables así —dijo Sam—. No estaría aquí si no quisiera tanto como te quiere.

Lenora los miró a todos y se paró en Jake.

—¿Dónde está la bailarina con la que te has fugado?

—Yo no me he fugado con ninguna bailarina. Era mi clienta.

—Eso no es lo que Mallory me dijo.

—Mallory dice muchas cosas que no debería decir —contestó Jake.

—¡No habléis de ella así! —dijo Sam defendiéndola de nuevo.

Lenora y Jake lo ignoraron. Solo tenían ojos el uno para el otro, pero solo duró unos segundos.

—No sé cómo te atreves a acusarme de fugarme con un bailarina cuando tú te has casado con una reliquia de la música disco.

—¿Hablas de mí? No soy ninguna reliquia. Estoy vivito y coleando —intervino Vince.

—No sé por qué están montando todo este lío —apuntó Ida Lee—. No están casados.

—¿Cómo lo sabe?

—Porque, en Pensilvania, no puedes casarte hasta tres días después de haber solicitado la licencia.

—¿Por qué no lo ha dicho antes? —dijo Sam.

—Porque nadie me lo ha preguntado.

—¿Habéis pedido la licencia? —preguntó Jake dolido.

—Mira, guapo, toda para ti —contestó el Geco—. Yo no quiero nada con una mujer que me deja a última hora. Yo creo que está ciega o algo.

—¿Lo has dejado? —preguntó Jake. Lenora asintió.

—El matrimonio no es para mí, además —dijo Vince—. Mallory, guapa, cuando te quites eso de la cara, ¿te apetece dar una vuelta en el trenecito de Vince?

—¿Y qué te parece si ese tren descarrila? —le espetó Sam.

Vince lo miró de arriba abajo.

—Eh, eh, grandullón, que yo solo quería quedar.

Todos fueron hacia la puerta.

—¿Por qué no llegaste a pedir la licencia? —preguntó Jake.

—Porque te quiero a ti, tontorrón —contestó Lenora.

Al momento, se fundieron en besos y abrazos.

El momento era tan íntimo que Sam sintió vergüenza por estar mirando, pero no podía dejar de hacerlo. Mallory tenía razón. Estaban hechos el uno para el otro.

Obviamente, ellos debían pensar lo mismo porque instantes después corrían agarrados de la mano a la oficina de licencias de matrimonio para comenzar un futuro en común.

De repente, Sam y Mallory se quedaron solos. Mallory lo miró y volvió a mirar hacia el suelo. Se hizo un incómodo silencio.

—Se te está cayendo la nariz —dijo Sam.

—Gracias —dijo ella colocándosela.

Se volvió a hacer el silencio.

—Supongo que te irás a Florida en breve —dijo Mallory—. Te está esperando el barco, ¿no?

¿Florida? ¿El barco? Se le había vuelto a olvidar, pero no iba a decírselo.

—Sí —contestó inhalando su olor. No le hacían falta ostras ni fresas—. ¿Y tú qué vas a hacer?

—¿Yo? Más o menos lo mismo, supongo —contestó ella con tristeza. Él también se sentía triste—. Bueno, tengo que irme. Tengo que ir a hacer de Glinda en una fiesta.

—¿De Glinda? Pero si no vas vestida como Glinda.

—Claro que sí.

—Claro que no. Vas de la bruja mala del oeste y Glinda es la bruja buena del norte.

—Oh, no.

—Oh, sí.

Mallory intentó sonreír.

—Voy a cambiarme, entonces —dijo dándose la vuelta y yendo hacia la puerta.

Sam quiso llamarla y convencerla de que lo necesitaba. No solo porque no tenía ni idea de disfraces sino por muchas cosas más.

Se quedó allí, mirándola, sintiendo que el corazón se le partía.

Capítulo nueve

Mallory parpadeó para evitar que las lágrimas resbalaran por sus mejillas.

Se frotó la cara, que todavía le escocía porque había estado una hora para quitarse el maquillaje.

No lloraba por no saber que Glinda era la bruja buena ni eran lágrimas de alegría porque Jake y Lenora fueran a casarse.

Lloraba porque estaba enamorada de un hombre que no la quería porque era una entrometida solo porque había querido que el amor triunfara.

¿Era culpa suya que Lenora hubiera creído que Jake se había liado con una bailarina?

¿Era culpa suya que Jake se hubiera vuelto medio loco al pensar en que Lenora estaba con un geco?

¿Habría sido culpa suya si, por todos aquellos malentendidos, hubieran roto su relación definitivamente?

Recapacitó y se asombró de lo fáciles que eran las respuestas. Sí, sí y sí.

Aunque lo único que quería era que Jake y Lenora estuvieran juntos, había estado a punto de separarlos irremediablemente.

Apretó los labios intentando asimilarlo. Sam tenía razón. Era una entrometida.

También tenía razón cuando le había dicho que se pasaba el día pensando en los demás y no en sí misma, así que no sabía cuáles eran sus necesidades. Pero sí las sabía.

Lo único que necesitaba era a Sam. Porque lo quería.

Tal vez, él no la quisiera, pero nunca lo sabría si no se lo preguntaba. La había defendido varias veces en los juzgados.

Se puso el abrigo y corrió a la puerta. En ese momento, llamaron al timbre.

Abrió furiosa porque la interrupción y se encontró con una estatua de Cupido de un metro que la miraba directamente.

Era una figura espantosamente cursi, pero le resultaba de lo más familiar, como el hombre que estaba al lado. Sam.

—Hola, Mallory —la saludó. Ella sintió que le flaqueaban las piernas.

—Sam —dijo tragando tan fuerte que casi se tragó la lengua. Se le aceleró el corazón, pero intentó no sacar conclusiones precipitadas—. ¿Quieres pasar?

Él asintió, tomó la estatua y pasó.

—Beau me mata si le devuelvo la estatua dañada.

—¿Beau?

—Sí, él me la ha dejado. Y también me ha dado esto.

Era la foto que el mayordomo les había hecho en el hotel. Estaban mirándose fijamente, tocándose y casi agarrados de la mano.

Mallory pensó que parecían una pareja de enamorados.

Tenía mil preguntas que hacer, pero no las hizo.

—Supongo que estarás preguntándote qué hago aquí con la estatua.

—Sí...

—Se me ocurrió que... —se interrumpió para mojarse los labios—. Eh, bueno, Mallory. Se suponía que tenía que entregarte un mensaje, pero no se me dan muy bien estas cosas.

—¿Qué mensaje?

Sam se sacó un papel del bolsillo, carraspeó y leyó.

—El amor no se ve con los ojos sino con la cabeza. Por eso, Cupido es ciego.

—¿Qué quiere decir?

—No sé, es de Shakespeare. ¿No eras tú la que entendía de literatura y yo de cultura popular?

Mallory sonrió.

—Dime lo que tú crees que significa.

—Que he estado ciego. Me he dado cuenta

en los juzgados, al ver a Lenora y a Jake. Por fin, entendí que tenías razón, que estaban hechos el uno para el otro y entendí todas las molestias que te habías tomado.

Ella le acarició la mejilla.

—Yo sí que he estado ciega. Tenías razón. Soy una entrometida y he estado a punto de separarlos.

—No seas tan dura contigo misma —le dijo Sam acariciándole el pelo—. Me he dado cuenta de que meterse en los asuntos de los demás, a veces, no es tan malo.

—¿De verdad?

—Sí. Tú lo has hecho porque quieres a tu hermana. Lo has hecho por amor, así que no puede ser malo. Por eso, espero que no tengas inconveniente en que te bese.

—¿Quieres decir que...?

—Sí —contestó él acercándose—. Quiero decir que te quiero, Mallory Jamison. Aunque seas una entrometida.

Mallory se mordió el labio y dejó caer las lágrimas que llevaba tanto tiempo conteniendo.

—Yo también te quiero, Sam, te quiero mucho.

Se besaron en lo que a Mallory se le antojó como el mejor beso de su vida porque creía que nunca iba a poder volver a besarlo.

—He estado pensando sobre lo que me

dijiste de que estaba muy apartado de mi familia y creo que tienes razón —dijo Sam al cabo de un rato—. Le he dicho a Jake que me encargaré de ir a buscar a nuestros padres a Florida para su boda.

—Cuánto me alegro, Sam.

—Así se los podré presentar a mi prometida. Si te quieres casar conmigo, claro.

—Más que nada en el mundo —sonrió ella.

—¿Qué te parece en primavera?

—¿Y no vas a volver a Florida?

—No.

—¿Y el barco que iba a llevarte donde tu corazón quisiera?

—Mi corazón quiere quedarse contigo.

—¿Y en qué vas a trabajar? —rio Mallory.

—Tienes ante ti al nuevo asesor de la empresa de Lenora. He estado hablando con ella sobre unas cuantas ideas de publicidad y otras cosas y me ha pedido que sea su socio.

—¿Y yo?

—Bueno, a ti te he buscado un trabajo, si lo quieres, claro. He hablado con mi hermano y le he contado cómo fuiste tú realmente la que hizo toda la investigación. Quiere que trabajes con él y con Ida Lee.

La solución era tan perfecta que Mallory se quedó sin palabras. ¿Qué mejor trabajo para una mujer como ella que uno en el que le pagaran por entrometerse? Le pasó los brazos por el cuello y lo abrazó.

—Sabía que te gustaría la idea.

—Pues claro. Tú trabajando con mi hermana y yo con tu hermano. No podría ser mejor —dijo sonriendo al darse cuenta de algo—. Sabes lo que eso significa, ¿no?

—Me temo que sí.

—No vamos a poder evitar ser una familia de grandes entrometidos.